Markéta Pilátová

Wir müssen uns irgendwie ähnlich sein

Markéta Pilátová

Wir müssen uns irgendwie ähnlich sein

Roman

Aus dem Tschechischen
von Michael Stavarič
Redaktion Mirko Kraetsch

Residenz Verlag

Bibliografische Information der Deutschen Bibliothek
Die Deutsche Bibliothek verzeichnet diese Publikation in der Deutschen Nationalbibliografie; detaillierte bibliografische Daten sind im Internet über http://dnb.ddb.de abrufbar.

www.residenzverlag.at

Die Originalausgabe erschien 2007 unter dem Titel »Žluté oči vedou domu«.

Umschlaggestaltung: Ramona Scheiblauer
Typografische Gestaltung, Satz: Ekke Wolf, typic.at
unter Verwendung der Schrift Kingfisher
Gesamtherstellung: CPI Moravia Books

ISBN 978-3-7017-1524-4

Ich möchte nichts Eigenes haben,
bevor ich nicht einen Platz gefunden habe,
wo ich und diese Dinge gemeinsam hingehören.
Ich bin noch nicht recht sicher, wo das sein könnte.
Aber ich weiß, wie es dort aussehen müsste.
Holly Golightly

Frau Hrubešová ist nicht zum Tee gekommen

(Marta)

1

Frau Hrubešová ist nicht in den Klub zum Tee gekommen. Es ist gegen Mittag, und alle Damen haben sich wie gewöhnlich im vorderen Raum versammelt, bei Windbeutel mit roter Kirsche ohne Kern. Und von Frau Hrubešová keine Spur. Das ist seltsam, denn in den fünfzig Jahren, die sie in São Paulo lebt, hat sie kein einziges Mal ausgelassen. Aber sie ist nicht da. Ich steige also ins Auto und fahre los, um nach ihr zu sehen. Sie wohnt um die Ecke, und Minuten später hämmere ich gegen ihre Tür. Schließlich müssen wir sie aufbrechen, der Hausmeister und ich, weil niemand antwortet. Frau Hrubešová liegt im Bett und ist ganz zerknautscht und tot. Ich bin praktisch veranlagt, und so fällt mir ein, dass sie bestimmt erstarrt, bevor ihr Sohn kommt, und dann so zerknittert in den Sarg muss. Schnell finde ich in dem alten, anständig zusammengeschraubten Schrank zwischen lauter Mottenkugeln ein schwarzes Seidenkleid. Ich streife es Frau Hrubešová über und drücke ihr die Augen zu. Und richtig – es dauert, bis ihr Sohn kommt, und Frau Hrubešová ist inzwischen stocksteif.

Ich befinde mich sozusagen am Wendepunkt eines siebenjährigen Zyklus. So wie sie es uns in der Waldorf-Schule beigebracht haben, und scheinbar hatten sie Recht. Alle sieben Jahre wandelt sich die Persönlichkeit eines Menschen, oder sein Leben, und das hat natürlich miteinander zu tun. Ich hatte mich in eine Parodie auf eine Altenpflegerin verwandelt. Also seit der Zeit, als ich nach zwei Jahren aus Prag zurückgekommen war. Meine Mutter, um die ich mich kümmere, ist auf einmal fast achtzig, und die Tanten aus dem Klub *Nový Slovan* (»Der neue Slawe«), mit denen ich mich jeden Mittwoch getroffen habe, sind plötzlich steinalte Frauen, die mich zu Hause anrufen, damit ich sie irgendwo hinfahre oder etwas abhole oder mit ihnen plaudere. Also fahre ich herum, plaudere und drücke Leichen die Augen zu. Das ist mein Leben. Das ich jetzt lebe. Ich hätte nicht zurückkommen sollen. Oder doch? Wie hätte ich meine Mutter, der ich allmonatlich eine Überweisung verdanke, zwingen sollen, nach Europa umzuziehen? Nach Böhmen, nach Prag, in Verhältnisse, die sie nicht versteht? Ich habe nicht die Kraft, mit ihr zu kämpfen, will es auch gar nicht, ich habe weder ihr Mundwerk noch ihre Allüren, weder ihre Gesten noch ihre Argumente. Also bin ich wieder hier. Wieder fürchte ich mich, zur Bank zu gehen, dass sich Motorradfahrer an meinen Wagen hängen, sich Zeichen geben, bis nach Hause hinter mir herfahren, dem Wachmann vor unserem Haus die Knarre an den Schädel halten und mich schließlich zwingen, alles rauszurücken, was ich abgehoben habe, wie es neulich unseren Nachbarn passiert ist. Wieder fällt mir der Zuckerduft der Melonen am Markt auf, das Lächeln aller um mich herum, die leichte Angespanntheit des stickigen Frühlings, und ich esse Früchte, von denen ich im Prager Winter nur geträumt habe. Ich bin wieder da. Schon wieder. Ich kämpfe mich durch den Gestank aus Tausenden Fabriken, gehe wählen, weil ich muss, überlege, ob mein Hund scharf genug ist, um alle zu vertreiben, die mir nahe kommen, ich fahre die Omis zum Markt und wieder zurück und lausche Mamas immer wirreren anthroposophischen Theorien.

Mein Dilemma ist eigentlich gar nicht meines. Ich habe es einfach geerbt. Rückkehr oder nicht, das habe ich Millionen Mal gehört, Millionen Mal die gleichen Zweifel, die gleichen Vorwürfe, das gleiche Jammern nach der heimatlichen Scholle, und gleichzeitig diese schwer definierbare Abneigung dagegen. Meine heimatliche Scholle ist São Paulo, ihre dagegen war Prag, oder Zlín oder Brünn oder Pilsen oder wie die ganzen mythischen Orte heißen.

2

Meine Mutter war eine Blondine mit einem kleinen, festen Hintern und einer Schweißermaske. Die setzte sie sich auf, um den Arbeitern in den brasilianischen Fabriken die Härte des Stahls vorzuführen, den mein Vater verkaufte. Es war ein Werbetrick, und er funktionierte. Denn als sie '48 hier ankamen, war São Paulo ein Nest mit nicht einmal einer Million Einwohnern, und das waren zu drei Vierteln große Kerls mit der umwerfenden Fähigkeit, in einer Blondine die Jungfrau Maria oder Maria Magdalena zu sehen. Und so machte sich meine Mutter ans Schweißen, während mein Vater verkaufte, aber weil er mehr Buchhalter war als Unternehmer, begann er seiner Jungfrau Maria grammweise das Fleisch fürs Hundefutter vorzurechnen. Nun wäre das aber nicht meine Mutter gewesen, wenn sie nicht schnell einen Schlussstrich unter diese Rechnereien gemacht hätte. Er hatte sie hierher gebracht, vor den Kommunisten gerettet und dachte, dass sie ihm genauso dankbar sein würde, wie er das bei den brasilianischen Frauen sah. Doch da hatte er sich verrechnet. Statt sich zu bedanken, schmiss Mama die Schweißermaske und die roten Stöckelschuhe, in denen sie ihre Live-Schweißparade aufführte, in die Ecke und stellte sich auf eigene Füße. Zuerst ließ sie sich scheiden, dann streifte sie einen Blaumann über und fing an, aus einer Garage heraus Werkzeug zu verkaufen. Noch bevor sie ihrem Buchhalterchen den Laufpass gab, verkündete sie, nichts von ihm haben zu wollen. Sie ließ ihm alles, die Fabrik, die Drehmaschinen, nicht einmal die berühmte Schweißermaske nahm sie mit.

Sie ging es langsam an, aber unter ihren Händen gedieh alles. Die Kerls hatten Angst vor ihr, weil sie zwar immer noch eine Blondine mit einem kleinen, festen Hintern war, aber eben auch ihre Chefin, die ihnen das Geld gab, mit dem sie Brot für ihre Frauen kaufen konnten, die ihnen dankbar waren.

Mein Leben zerbröselt irgendwie, bei all der Grübelei, ob ich nun hier oder dort zu Hause bin, ist ihm der Sinn abhanden gekommen. Sprich: Ich bin nicht glücklich. Meine Mutter war es, und vermutlich ist sie es nach wie vor, obwohl sie alle in ihrem Umfeld gegen sich aufbringt und stets vor allem darauf schaut, dass alle schön in Habtacht stehen und eine Stufe unter ihr. Ihre Manie heißt »Niveau«, sie ist besessen von diesem Wort. São Paulo hat Niveau, Prag taugt nichts, hat aber immerhin ein bisschen Niveau, hier dieses Kaufhaus nicht, jenes dort schon. Ich hasse sie dafür, wie sie in ihrer Arroganz glücklich ist.

3

Der Sohn von Frau Hrubešová ist eingetroffen. Er hat den ganzen Papierkram im Zusammenhang mit dem Todesfall erledigt und sitzt jetzt bei mir zu Hause, wo alles voller deutscher Bauernmöbel steht, die meine Mutter aus Prag mitgebracht hat. Er ist einen Tag und eine Nacht unterwegs gewesen, aus einem weit entfernten Amazonasstaat, wo er geschäftlich baden gegangen war. Und nun war ihm auch noch die Mutter gestorben, und in der Küche erzählt er mir, wie er alles verloren hat. Das Kochen hatte er von Frau Hrubešová gelernt, sogar aus ungenießbarem Maniokmehl konnte er Knödel kneten, und jahrelang hatte er sich als Schiffskoch durchgebracht. Als er ein bisschen Geld zusammen hatte, beschloss er, im Dschungel eine Imbissbude für Waldarbeiter aufzubauen, die der Meinung waren, dass Bäume zum Fällen da waren und Tiere zum Aufessen. Was im Übrigen der tschechische Smutje auch nicht anders sah. Er baute eine schöne Waldküche und dazu eine noch schönere Kantine, und die Arbeiter kamen in Scharen. Völlig zerstochen von Moskitos und anderen eigenartigen Viechern, fühlten sie sich wohl unter den großen Netzen, durch die nicht einmal das Summen der Mücken drang. Sie verspachtelten Knödel aus Maniokmehl, mampften Kartoffelpuffer mit Cupuaçu-Geschmack und kamen sich vor wie in einem exotischen Hotel. Es war ein Glücksgriff, bis *es* passierte. Eine unvorsichtige Küchenhilfe hatte vergessen, das Licht abzuschalten und die Netze im oberen Stock der Kantine ordentlich zu sichern. Der Koch wurde von furchtbarem Lärm und Gebrüll aus dem Schlaf gerissen. Affen und Faultiere waren in die Küche eingestiegen, sie warfen mit vollen Händen Teller und Besteck zu Boden, sie schalteten die Mixer ein und mixten alles Mögliche, vor allem sich selbst. Ein grauenvolles Gemetzel! Nur ein Faultier konnte gerettet werden, die restlichen zerschnittenen und zermixten Tiere wurden in ein Wildtierasyl gebracht, und das Faultier sitzt jetzt mit einer verletzten Pfote in einer riesigen Kiste im Auto des Kochs.

Zu den alten Frauen, die ich zu buddhistischen Festen und in Baptistenkirchen oder zu den Katholiken zur Messe kutschiere, hat sich jetzt bei mir zu Hause also noch ein Koch mit seinem Faultier hinzugesellt. Soll er ruhig dableiben, bis er sich wieder gefangen hat, bis er darüber hinweg ist, dass Frau Hrubešová tot ist, und bis seine Wut auf alle Affen dieser Welt verraucht ist. Ich überlege, was wohl in sieben Jahren mit mir sein wird, ob Mama tot sein wird oder bei mir zu Hause eingezogen ist, weil sie nicht mehr allein sein kann. Auf diese Zeit freue ich mich nicht, ich kann mir nicht vorstellen, wie ich mich über jeden Blödsinn mit ihr streite, vor allem darüber, ob es Steiner so oder anders gemeint hat und ob man zum Wohle der folgenden anthroposophischen Gemeinschaft dies oder jenes unternehmen sollte. Es tut mir leid, dass ich sie nie verstanden habe, und es ärgert mich maßlos, dass ihr das nicht einmal aufgefallen ist. Ich rauche heute schon die zweite Schachtel, meine Mutter fängt die dritte an. Das ist wahrscheinlich das Einzige, was wir gemeinsam tun können. Wir sitzen da und rauchen, und Mama flucht auf die Kommunisten, deretwegen sie Libussas Heimat verlassen musste. Sie ist besessen von der Suche nach dem *Genius Loci*. Also verbringen wir sinnlose Stunden an noch sinnloseren Orten, die wir von oben bis unten durchforsten, von Norden nach Süden, damit mein Mütterchen die richtigen Vibrationen der kosmischen Energien spüren kann. Das Faultier tappt über den Hof und hat sich schon zum dreiundsechzigsten Mal den Verband von der Pfote gerissen.

Der Fehler

(Lena)

1

Ich sitze auf einem Pferd, ich kann nicht mal mehr zählen, wie oft ich das in meinem Leben schon getan habe. Bloß heute ist es doch irgendwie zum ersten Mal. In meinem Herzen macht sich Beklemmung breit. Ich studiere die Blicke meiner neuen Mitarbeiter, oder Angestellten, oder Cowboys. Breta, Zé, Dó und der kaum sechzehnjährige Slavomir. Meine Truppe, meine Feinde, meine Untergebenen, mein Team. Ich sehe ihnen an, was sie denken, lese es in ihren kakaobraunen Augen. Sie sind angespannt wie ein junger Stier, bevor er zum ersten Mal angreift. Ich bin für sie eine alte Frau, obwohl ich fünfundzwanzig bin. Wenn es nach ihnen ginge, sollte ich ein Kind haben und einen Mann und Speck auf den Hüften, so wie alle Indianerinnen und Mulattinnen um uns herum. Dó ist neunzehn und hat eine Frau und ein einjähriges Kind. Er fühlt sich wie ein echter Mann. Und ich bin für sie ein Mädchen, das sich immer nur bei den Kühen herumgetrieben hat, das im Weg stand, das wie eine Verrückte auf den kollerigsten Pferden geritten ist und dann für eine Weile irgendwo in der Stadt verschwunden ist oder auf dem Mars, von wo sie zu ihrer aller Leidwesen jetzt wieder heruntergefallen ist.

Sie schauen mich an und wissen nicht, was sie sagen sollen, sie zupfen an den Ärmeln ihrer schmuddeligen Hemden herum, versuchen sich irgendwo zu verstecken, und das Ganze ist ihnen furchtbar peinlich. Es ist peinlich, dass die Befehle jetzt von einem alten Weib kommen, an das sie sich kaum noch erinnern können. Ich weiß nicht, was ich sagen soll, ich weiß nicht, ob ich eigentlich noch schnell genug auf dem Pferd bin, um mitzuhalten. Ich weiß nicht, ob ich Angst vor den Stieren hab, ich weiß nicht, ob ich hier zu irgendwas nütze sein werde, aber eins ist klar – ich weiß, wer ich bin. Ich bin Lena. Entschlossen, auf der Farm zu leben und etwas zu tun, meiner Mutter in der Landwirtschaft zu helfen und für die Farm und die Tiere etwas Nützliches zu leisten. Das ist viel, oder wenig, weiß der Teufel und hol's der Teufel. Ich blicke zum letzten Mal in diese Gesichter und auf diese Münder, die hier in den Dörfern über mich herumerzählen, dass spätestens in einem halben Jahr die Farm unter den Hammer kommt. Dann gebe ich meinem Pferd die Sporen.

2

Es hat ewig gedauert, bis sich alles eingespielt hatte. Tage des Wartens auf jeden meiner Fehler, spöttische Blicke und die Angst darin, dass ich ausrasten könnte und alle wegschicke und neue Leute anheuere. Doch da hätte ich mir noch so viel Mühe geben können, es wäre dasselbe in Grün gewesen. Diese Jungs hier kenne ich wenigstens schon seit ihrer Kindheit, ich weiß noch, wer von ihnen mich in den Fluss geschmissen und dann schnell wieder rausgezogen hat, weil er gesehen hat, wie ein Kaiman auf mich zugeschwommen kam. Ich erinnere mich, wie der kleine Dó ständig in seinen Ärmel gerotzt hat und wie ihm meine Mutter, die vor mir die Farm geführt hat, ganz leicht mit der Peitsche über seine Kastaniennase geschnalzt hat, sodass er das mit dem Ärmel künftig bleiben lassen hat. Doch es hat sich hingezogen, Vertrauen und gleichzeitig Misstrauen, Geduld und gleichzeitig Ungeduld. Diese Spannungen und dazu noch die Schufterei auf der Farm haben mir nicht gut getan. Wir alle haben darauf gewartet, dass etwas passiert. Wir wussten es. Es stand in den Blicken der Kühe geschrieben und in den Schatten der Tutú-Vögel. Also ist es auch passiert. Wir trieben gerade eine Herde junger, trächtiger Kühe zusammen, und ich ritt voran, ich wollte hinter einem Ausläufer des Dschungels auf Breta warten, damit wir es beim Zusammentreiben leichter haben würden. Ich tauchte in das Dickicht voller zeternder Tukane ein, und im Dämmerlicht wurde mir plötzlich klar, dass ich keine Ahnung hatte, wo ich war. Die Indianer und die Mischlinge aus der Gegend behaupten, dass es im Dschungel keine Zeit mehr gibt, je tiefer man hineinreitet. Ich hatte das überwältigende Gefühl, dass dieser Augenblick nun gekommen und die Zeit weg war. Ich verfiel nicht in Panik, ließ nur die Zügel locker, und meine Stute Jacquelina schlug den Heimweg ein. Pferde verirren sich im Regenwald nicht, das ist, wenn die Zeit weg ist, das einzig Sichere. Allerdings kam ich an einer völlig anderen Stelle wieder aus dem Dschungel heraus, als ich gedacht hatte, und die Herde kam direkt auf mich zugerast. Ich hatte mich einfach geirrt. Und zum ersten Mal wurde mir klar, dass mein Unwillen, mit einer Kette mit einem Stück Leder am Ende zu schnalzen, mein nächster Fehler sein würde und gleichzeitig der letzte in meinem Leben. Ich hätte die Herde nämlich in eine andere Richtung lenken können, wenn ich diese Peitsche gehabt hätte und in der Lage gewesen wäre, sie über meinem Kopf zu schwingen. Breta hätte das Schnalzen gehört, auch die Kühe hätten es gehört, und mit ein bisschen Glück hätte ich überleben können. Doch nun wälzten sich einige hundert Tonnen Fleisch auf mich zu, und mit meiner lächerlichen kleinen Reitgerte in der Hand flehte ich die Jungfrau Maria, die Göttinnen der Iemanjá und alle Inkarnationen Buddhas an, mir zur Seite zu stehen. Und dann gab ich Jaquelina die Sporen, und sie galoppierte auf die Herde zu, ich kreischte wie am Spieß und raste direkt auf die spitzen Hörner zu – wenn sie mich schon niedertrampeln sollten, dann wenigstens mit Pomp und Gloria, einfach abwarten würde ich nicht. Die Herde blieb zwar nicht stehen, aber die Kühe gingen auseinander, und Breta fiel diese seltsame Gasse auf. Und als würde er ahnen, was da vor sich ging, schnalzte er mit der Kette, stieß gellende Schreie aus und lenkte so die dahindonnernde Herde in eine andere Richtung. Ich preschte im Galopp an ihm vorbei, dann stieg ich vom Pferd und ließ mich ins stachelige Gras fallen. Uns war eines klar: Worauf wir gewartet hatten, war, dass ich einen Fehler machen würde. Einen Fehler, an den man anknüpfen könnte, der nicht in Vergessenheit geraten würde. Ich würde kein Farmerstöchterchen mehr sein, das gekommen war, um zu kommandieren, sondern ein Cowgirl, das lernen musste, mit der Kette zu knallen.

Und was jetzt?

(Marta)

1

»Und was jetzt?«, will der Ex-Koch wissen. Da fragt er genau die Richtige. Eine, die sich genau das alle sieben Jahre und alle sieben Wochentage fragt. Ich biete ihm deutsches Schwarzbrot an, das ich in der Waldorf-Schule zu backen gelernt hatte, und während ich es aufschneide, fallen mir deutsche Begriffe ein, die mit dem Backen zu tun haben. Ich kann mich nur an zwei Wörter erinnern, also lasse ich es bleiben. Mir kommt auch wieder in den Sinn, wie ich all diese unsinnigen Fertigkeiten gehasst habe, die sie uns in der Schule eingetrichtert haben. Pantomimischer Tanz – das haben wir in holder Eintracht alle miteinander nicht kapiert, und bis heute zerreißt es uns vor Lachen, wenn wir uns als ehemalige Absolventen treffen und versuchen, den Frühling zu tanzen. Ich sehe auch die detaillierten Rechnungen vor mir, die mir meine Mutter jedes Jahr vorgelegt hat. Ich wollte in eine normale Schule, wo man Portugiesisch mit mir gesprochen hätte, wo ich die unregelmäßigen portugiesischen Verben richtig gelernt hätte, die mir bis heute Schwierigkeiten bereiten. Jedes Mal, wenn ich quengelte, auf eine staatliche Schule zu wollen, zog Mama die Rechnungen für die Waldorf-Schule hervor, die sie schon im Voraus beglichen hatte, und ich hatte solchen Respekt vor diesen Summen, dass ich sofort aufhörte zu mucken. Nur Handarbeit hat mir Spaß gemacht, ich habe gern gestickt und Socken gestopft, vielleicht, weil die alte Deutsche, die uns unterrichtet hat, ihre eigene Sprache nicht mochte, sie hat ihre Heimat verachtet, aus der sie vor Hitler geflohen war, und entgegen allen Schulgepflogenheiten hat sie mit uns prinzipiell Portugiesisch gesprochen. Niemand von uns hat sie je verpetzt, alle hatten eine ähnliche Beziehung zum Deutschen wie sie. Allerdings brauchte sie Arbeit, und so stopfte sie Socken in einer deutschen Privatschule, und wir mussten unseren exzentrischen Eltern gehorchen, die glaubten, dass das Deutsche und Steiners Anthroposophie uns vor dem barbarischen Portugiesisch und dem Bildungsmangel der Dritten Welt bewahren würde. Begriffen habe ich das alles erst später, und frei gemacht von den Rechnungen und Mamas Naivität habe ich mich eigentlich erst in Prag, wo ich hinfuhr, um meiner Mutter zu entkommen. Erst dort ist mir auch klar geworden, dass ich überhaupt nichts kann, außer auf Deutsch zu sagen: »Wir holen den Teig aus dem Backrohr.« Bloß war mir in einer Stadt, in der längst das Englische regierte, Deutsch zu nichts nütze, und als ich irgendwem einmal kurzsichtigerweise verriet, dass ich meine Reifeprüfung an einer Waldorf-Schule abgelegt hatte, glaubte mir derjenige nicht, dass es so etwas überhaupt gab.

Ich bin künstlerisch begabt – das haben sie in der Schule allerdings zu uns allen gesagt. Und das war das Einzige, was unsere Eltern nicht wirklich begeistert hat. Die meisten von ihnen, abgesehen von meiner Mutter, wussten nichts über Steiner, ihr einziger Traum war ein europäischer Bildungsweg für ihre Sprösslinge. In der Schule sah man in uns allen den Künstler, und zu mir sagten sie, dass mir das Malen liege. Ich malte große knallrote Flecken und schwarze Vögel, die darin herumflogen. Dann ging ich zu grünen Flecken über, und die Vögel waren rosa. Ich stickte sie im Kreuzstich und wäre sogar in der Lage gewesen, ein ähnlich sinnloses Muster für einen Schal zu entwerfen, wenn man in São Paulo einen hätte gebrauchen können. Letzten Endes habe ich genau das tatsächlich getan, als in Prag keine Schecks von meiner Mutter mehr kamen. Sie wollte sich nicht damit abfinden, dass ich die Dritte Welt verlassen hatte, um in eine Welt zu gehen, die ihr sehr ähnlich war, aber nur ein bisschen Niveau hatte.

Ich strickte einen Schal, darauf prangte ein großer grüner Fleck, und ein schwarzer Vogel zog seine Bahn in Richtung Fransen. Dann wurden es noch ein paar mehr. Ich ging damit in das Geschäft einer Modedesignerin in Vinohrady, es lag etwas abseits und war gerade eröffnet worden, und ich bekam ein paar Tausender. Damit zahlte ich die Miete in meinem Plattenbau und kaufte mir Fertigsuppe und noch mehr Wolle. Auf dem nächsten Schal landete ein anderer Vogel, und zwei Tage später brachte ich ihn in dieselbe Boutique. Die Designerin hatte den ersten bereits verkauft, und so nahm sie mir auch die anderen ab. Dann wollte sie ein Kleid haben. Innerhalb von vierzehn Tagen strickte ich ihr eins, auf dem Bauch saß ein schwarzer Vogel in einem gelben Nest.

2

Und auf einmal wurde mir klar, dass es egal ist, wo ich war, ob sich die schwarzen Vögel nun in Prag oder in São Paulo auf meine Hände setzten. Als ich nach drei Wochen ununterbrochenen Strickens zum ersten Mal den Plattenbau verließ, spürte ich in meinen Lungen den kalten Hauch des verwahrlosten grauen Parks, und ich versuchte mir vorzustellen, dass in Brasilien gerade der Sommer anfing, die Kinder fuhren in die Ferien, und überall waren die Preise doppelt so hoch. Dieser Blick auf die andere Seite der Weltkugel, der in meinem Kopf stattfand, erfüllte mich mit enormer Befriedigung. Ich war erleichtert, dass in Prag nicht Sommer war, dass eine Schneeflocke auf meiner Zunge landete, wenn ich sie rausstreckte, und dass ich mich in meinen mit eigenen Händen gestrickten Schal hüllen konnte, der noch keinen Käufer gefunden hatte. Ich machte einen langen Spaziergang bis nach Smíchov, starrte in die lächerlich winzigen Auslagen beim Anděl und dachte an die riesigen Shopping Malls von São Paulo. Ich war erleichtert, und gleichzeitig lag in dieser Erleichterung die Furcht vor der eigenen Geringfügigkeit, ein wenig klaustrophob und krankhaft, doch war sie es wert, bemerkt zu werden. Ich kam aus einer Stadt, in der man alles in Millionen zählte – Menschen, Häuser, Tiere, Dschungel, Flüsse, alles war unsinnig groß, und in dieser Größe verbarg sich die Möglichkeit der Auswahl. Zwar fiel die Wahl oft auf das Falsche, doch allein die Möglichkeit war beruhigend. Im kleinen Prag, wo jeder mit jedem verbandelt war, ein kleiner Ameisenhaufen aus Abhängigkeiten und Bekanntschaften, musste man sich in einen vorbestimmten Raum quetschen und lernen, darin zu überleben. Dort, wo jetzt gerade die Bäume unter der unbarmherzigen Sonne zu verdorren begannen, musste man niemanden kennen, man musste nur genug Geld haben, um Leute, die man nicht kannte, bestechen zu können, sofern man etwas auf die Beine stellen wollte. In Prag genügte es, aufs Amt zu gehen, ein paar Formulare auszufüllen, und schon hatte ich den Gewerbeschein für meine häusliche Strickerei. Niemand wollte ein Kuvert zugesteckt bekommen, alles wurde von Frauen mit abblätterndem Nagellack hinter einem Plexiglasschalter erledigt. In der Achtzehn-Millionen-Megastadt auf der anderen Seite des Globus hätte ich drei Jahre gewartet und unendlich viele Kuverts verteilt, und das auf jedem Notariat, von denen man genau fünfundzwanzig abklappern musste, bis einem die Absolution erteilt wurde und man den Nachweis für seine ehrenwerten unternehmerischen Absichten ausgestellt bekam.

Ich setzte mich auf einen Kaffee in die Bar, wo ich ab und zu hinging, um Jazz zu hören, der längst abgelaufen war wie der Joghurt gestern. Ein aalglatter Typ mit angegrauten, fettigen Locken erklärte mir, ich würde sehr exotisch aussehen mit meinen bläulichen Augen und den irre schwarzen Haaren. Ich sagte ihm, dass meine Mutter eine Tschechin aus Pilsen sei, ich aber eine doppelte Staatsbürgerschaft besäße. Er machte sich über mein Tschechisch lustig, das gespickt war mit Ausdrücken aus den dreißiger Jahren, die Mama verwendete, die hier jedoch wirkten wie linguistische Ausgrabungen aus dem Altertum. Er fragte, ob ich nicht ab und zu die Bar schmeißen oder Kaffee servieren wolle. Mein gerade zur Welt kommendes Talent als freischaffende Strickerin war mir wahrscheinlich noch nicht anzusehen. Ich stellte mir vor, wie ich abends um sechs in die jazzgeschwängerte Atmosphäre eintauchen würde, wo sich Zeitungsleute und Studenten zu Schnaps und schwarzem Kaffee trafen, und ich sagte, dass ich es versuchen könne.

Weg von hier

(Lena)

1

Die Cowboys haben ein Tukannest geplündert. Sie haben behauptet, die Mutter sei weggeflogen und habe ihre Brut hungernd zurückgelassen, und sie hätten sie gerettet. Stuss. Nichts als blöder Stuss. Sie haben versucht sich rauszureden, weil ich mich gewundert habe, als sie zwei ausgemergelte Körper mit riesigen Schnäbeln in einer Schachtel angeschleppt haben. Sie haben darin nur ein weiteres Spielzeug gesehen, an dem sie das Interesse verlieren, sobald sie merken, dass dieses Spielzeug irgendetwas braucht. Darin ähneln sie auf schmerzhafte Weise den Menschen in den Städten, die sich teure Kampfhunde anschaffen, um sie irgendwo am Straßenrand auszusetzen, wenn sie nicht mehr mit ihnen klarkommen. Ich kenne niemanden, der der Natur gegenüber gleichgültiger wäre als ein Cowboy. In der Abgeschiedenheit einer Farm, am Rand des Urwalds sieht er in den Kreisläufen der Natur und in den Tieren etwas ausgesprochen Abstoßendes, das keinerlei Aufmerksamkeit verdient. Am schlimmsten sind ihre Hunde dran, die haben Würmer, obwohl man im nahen Städtchen für ein paar Cent Medikamente kaufen könnte. Sie sind ausgemergelt und bekommen nur Reisreste. Als ich mich geweigert habe, Bretas Kindern den Welpen meiner Hündin zu überlassen, war er eingeschnappt, aber ich habe ihm erklärt, dass ich nicht will, dass auf ihrem Hof noch eins von diesen ausgezehrten Hundegespenstern im Dreck herumwuselt.

Sie hielten ihre Pferde an, und aus der Schachtel tauchten zwei gelbe Schnäbel auf, zwei hässliche, wimmernde Schreihälse. Sie gaben ihnen Mangos und Wasser, aber bis zum nächsten Morgen war einer der beiden tot. Der zweite Hänfling hat durchgehalten und ist unbeholfen über den staubigen Hof gewankt, die Flügel gestutzt, damit er nicht davonfliegt, und Bretas Kinder konnten ihn streicheln, wann immer sie Lust hatten. Eigentlich ging es ihm ganz gut, aber eines Tages hatten die Kinder schlecht geschlafen und vergessen, den Tukan auf seinen angestammten Platz auf den weiß gestrichenen Zaun zu setzen, und so ist er von zwei alten, gehässigen Hennen zu Tode gepickt worden. Das war wie ein seltsames Omen, wie jener anfängliche Fehler vor Jahren, als ich mich in der Stille des Urwaldes verirrt hatte. Diesmal war nicht die Zeit verschwunden, sondern jegliche Hoffnung, dass ich etwas verbessern oder verändern, dass ich an die jahrhundertealte Unbarmherzigkeit dieser Menschen rühren könnte. Sie steckten ihren Kühen zwar nicht mehr den Finger ins Auge, um sie vor dem Impfen ruhigzustellen, und sie mochten sogar ihre Begeisterung für Hahnenkämpfe verloren haben, aber der Tod des Tukans hat mein Bemühen in ein unerträgliches Licht gerückt. Ich sagte zu meiner Mutter, dass ich eine Weile weg müsse, eine Weile, deren Länge ich nicht bestimmen könne. Ich sagte ihr, dass sie mir helfen müsse, so wie ich ihr geholfen hatte, als ich hierher gekommen war und neue Sachen zum Laufen gebracht hatte. Ich sagte ihr, dass ich zurückkommen würde, ich müsse nur einmal woanders Luft holen.

2

Seit meiner Kindheit habe ich die unterschiedlichsten Mythen zu hören bekommen – am wichtigsten war der vom Kommunismus. Der Krieg hatte meine Großmutter und meinen Großvater auf einen Ozeandampfer geführt, und die Überfahrt nach Brasilien hatte am wenigsten gekostet. Ihre Flucht war verständlich und logisch, und es war die einzige Lösung des Schlamassels mit ihrer jüdischen Herkunft. Die Rückkehr war absehbar, nur eine Frage der Zeit, aber kaum hatten sie jenseits des Ozeans Fuß gefasst, war in Europa alles vorbei. Sie warteten noch zwei Jahre, doch dann kamen erste alarmierende Nachrichten über

Wahlergebnisse, über einen seltsamen, naiven Glauben an Gleichheit und Brüderlichkeit, und das alles erschreckte sie. Der Kommunismus tauchte aus den Briefen der Verwandtschaft auf wie das rote Antlitz einer alles verschlingenden Bestie, und an diesem Bild änderte sich auch nichts mehr. Unterdessen erreichten sie seltsame Postkarten mit nostalgischen Sätzen und Bildern von steinernen Brücken mit barocken Statuen. Meine Mutter legte sie in eine Keksdose und verbot mir, damit zu spielen. Wir sprachen Tschechisch miteinander, es war unsere Geheimsprache, die mein Vater nicht verstand, und immer, wenn wir anfingen, auf Tschechisch miteinander zu tuscheln, ging er in sein Arbeitszimmer und knallte die Tür hinter sich zu. Tschechisch schreiben hat mir meine Mutter nicht beigebracht, weil sie es selbst nicht konnte. Bloß hatte die Sprache meiner Großmutter, meines Großvaters und meiner Mutter für mich den Hauch von Heimlichkeit und verband mich mit ihnen auf eine fast schon unerträgliche Weise. Diese eingeschworene Verbundenheit überdauerte die Scheidung meiner Eltern, und keiner meiner Liebhaber wurde mir jemals zu einem so vertrauten Gefährten wie meine Mutter. Es war also klar, wohin ich fahren würde, wo ich frische Kraft tanken würde, um auf der Farm zu überleben und das zu schaffen, was ich mir vorgenommen hatte. Was ich mir eigentlich vorgenommen hatte, schien sich allerdings in Luft aufzulösen. Und zwar gleich am Prager Flughafen Ruzyně.

Ich saß in der Straßenbahn und war unterwegs zu einer Verwandten, die für ein paar Tage mein erster Anlaufpunkt sein sollte. Mein Tschechisch war gebrochen wie altes Brot und zerfiel zu Staub, denn das, was meine Mutter und ihre Eltern sprachen, ähnelte definitiv nicht der Sprache von

Prag, zudem stammten sie alle aus Südostmähren, was es nicht gerade leichter machte. Als ich den Straßenbahnfahrer nach dem Weg fragte und mit »Ei, guter Mann« auf ihn losging, hätte er mich mitsamt meinem portugiesischen Akzent beinahe wieder aussteigen lassen. Bloß glaubt man eben an alles, was man sich in den Kopf gesetzt hat, und wenn man schon daran glaubt, beginnt man seine Fixierung auf diesen Unsinn auch in die Tat umzusetzen. Meine Tante öffnete mir die Tür und sagte, ich solle die Schuhe ausziehen. In meinen Socken mit dem Papagei auf der Ferse kam ich mir wie nackt vor, aber schon im Flur begriff ich, dass ich auf einem anderen Planeten aufgeschlagen war und es unsinnig gewesen wäre, gleich alles zu wollen. Tante Ludmila rauchte eine nach der anderen, sie hatte gerade einen Gugelhupf im Rohr, und es kümmerte sie herzlich wenig, ob es bei uns in Brasilien tatsächlich heiß war. Das ermutigte mich. Ihr absolutes Desinteresse an allem, was nicht direkt und nur allein sie betraf, wirkte befreiend. Die Maßlosigkeit ihrer Ignoranz war wie ein Strom, in dem ich untertauchen konnte und schwimmen, wohin ich wollte. Sie fragte nach überhaupt nichts, weder nach meiner Mutter noch nach Verwandten, sie schilderte mir einfach nur die Verhältnisse in Prag, den Winter, die Dunkelheit, die überteuerten Waren, ihre schmale Pension und ihre Katzenhaarallergie. Das Beste war, dass sie sich überhaupt nicht dafür interessierte, wo ich hinging, wann ich zurückkam und wie lange ich wo blieb. Genau genommen nahm sie mich gar nicht wahr. Ich füllte bloß eine weitere Ritze zwischen der Kommode mit den gestreiften Pyjamas des verblichenen Onkels Olda und dem großen Schrank mit den Mänteln. Schon den zehnten Morgen rührte ich in meinem lauwarmen Kaffee herum und wurde mir voller Seligkeit bewusst, dass diese ermüdende Rinderherde so schrecklich weit weg war und ich den lieben langen Tag Zeit haben würde, durch die Kinos und Kaffeehäuser von Prag zu streifen. Ein Kino gab es im Dschungel nicht, und ich machte mich Tag für Tag mit einem Schreibheft in der Hand auf den Weg in die Stadt, wo ich mich in die Sprache meiner Vorfahren vertiefte, ich schlürfte sie wie Guavensaft, trank sie schluckweise wie klares Wasser, das von keinem seltsamen Akzent und grammatikalischen Fehlern verunreinigt war. Ich wurde zur Tschechin. Ich gewöhnte mir langsam ab, auf jeden Gruß zu erwidern, es gehe mir ausgezeichnet. »Geht so«, antwortete ich irgendwann kryptisch wie alle anderen, und nach und nach lernte ich es, mich in eine Zeitung zu vertiefen, die es im Dschungel auch nicht gab.

3

Wie Schichten verschimmelten Stoffs, wie eine hundert Mal verbundene und eitrige Schürfwunde, wie die Nähte auf meinen Brüsten, die aufgegangen waren, als ich es nicht mehr ausgehalten hatte und nach der Operation wieder zu rauchen angefangen hatte. Dergestalt und in loser Folge wird mein verschlafener Aufenthalt in Prag von allen Erinnerungen an Brasilien heimgesucht. Ich betrachte sie wie damals die Nähte und sage mir: Mein Gott, hätte ich nicht die Finger von den Zigaretten lassen können? Hätte ich nicht meine Brüste wie bei einer Milchkuh lassen können? Hätte ich es nicht einfach mit all den Bürschchen treiben können und sie danach nie wieder sehen? Dass ich völlig unvorbereitet wieder an die Liebe denken musste, daran war Ludmila Schuld. Ludmila mit der blauen Blechkanne in der Hand, Ludmila, die nie wissen wollte, wie das Wetter in Brasilien war, hielt plötzlich inne, als sie mir gerade dünnen Hagebuttentee einschenkte, und fragte: »Hast du überhaupt keinen Kerl?«

Zuerst dachte ich: Was geht die Alte das an? Aber dann pfiff ich mich zurück. Ja warum eigentlich nicht? Warum sollte ich mich nicht gerade Ludmila anvertrauen, der ich nicht mehr bedeutete als die Blätter ihres Ficus. Ich sagte: »Doch, habe ich. Aber zusammen mit mir haben den noch ungefähr fünf andere.«

»Aha«, antwortete sie. Dann fügte sie hinzu: »Na, dann bist du wenigstens die einzige von denen, die in Prag ist.«

Und mir fiel plötzlich wieder ein, was ich eigentlich hier vorhatte, und dass der Hauptgrund, dass ich hier war, abgesehen von den toten Tukanen auch ein Mann mit einem braunen Gürtel und einem grünen Hemd war, den mir die Priesterin eines afrikanischen Kults vorhergesagt hatte. Sie war aus dem Norden und verdiente nebenher etwas mit Kartenlegen, sie zog von Farm zu Farm und weissagte den Leuten jede Menge dummes Zeug, und leider sollten sich ihre Prophezeiungen allesamt als wahr herausstellen. Als sich eine nach der anderen zu erfüllen begann – Breta fiel vom Pferd, zwei Rippen böse gebrochen, Dós Frau machte eine schwere Geburt durch, und meine Mutter wurde von einer seltsamen Beklommenheit befallen –, suchte ich sie noch einmal auf. Eigentlich wusste ich gar nicht so recht, warum; vielleicht, um ihr die Gelegenheit zu geben, ihre Weissagungen zu widerrufen. Ich durchkämmte alle Farmen entlang der Grenze zu Paraguay, ich irrte durchs Niemandsland, wo Vieh geschmuggelt wurde und sich Gestalten herumtrieben, die es gar nicht mochten, wenn man ihnen in die Karten schaute. Ich fragte Landstreicher, die Waffen trugen und sich auf unbewachten Grundstücken niederließen, ich watete durch Bäche, in denen Kaimane schliefen.

Ich fand sie. Sie saß am Feuer auf einer gewaltsam besetzten Farm, wo längst nichts mehr wuchs, denn die Landstreicher waren nicht einmal in der Lage, Karotten zu ziehen, sie saßen bloß herum und putzten ihre Gewehre. Sie putzte mit ihnen mit, auf dem Kopf ein Basecap mit einem roten Stern, an den Füßen ausgelatschte Schlappen, und sie fragte mich: »Na, Mädel, machste einen auf Cowboy? Glaubst du inzwischen ans Schicksal?«

Voller Entsetzen musste ich mir eingestehen, dass ihre stechenden Augen die Augen des Teufels waren, und er hatte nichts Gutes mit mir vor. »Doch, irgendwie schon«, presste ich hervor.

»Und was willst du dann noch von mir? Ich habe alles gesagt. Willst du's noch mal hören?«

»Das wird wohl das Beste sein«, wimmerte ich.

»Und wie kommt's, dass du mir auf einmal glaubst, wo du mich doch für bekloppt gehalten hast?« Sie konnte es nicht lassen zu sticheln.

»Ich hab schrecklich mit Rauchen angefangen, ich bin mit den Nerven runter, und die Tukane sind auch gestorben, Breta liegt im Krankenhaus, und dieser Kerl hat ein grünes Hemd an und einen braunen Gürtel«, sprudelte es aus mir heraus.

»Stimmt doch. Und alles andere hab ich dir auch schon gesagt. Ach ja, richte deiner Mutter aus, dass wir ihre Farm verschonen, wenn sie uns zwei Kälber schickt.« Sie zielte mit einer alten Flinte auf mich. »Und jetzt hau ab! Du langweilst mich.«

Ich glaube, dass ich durch meinen Unglauben ihre Berufsehre beleidigt habe, dass ich nicht nach ihr hätte suchen sollen, aber diese Begegnung hat mich immerhin darin bestärkt, dass solche Sachen in der Wildnis eben einfach vorkommen – die Zeit verschwindet, und beschissene Pfuschpriesterinnen behalten Recht. Ich hätte mich längst damit abfinden sollen.

Ach du bist's

(Marta)

1

Lena habe ich in einem Prager Kino getroffen. Sie saß da und kritzelte im Dunkeln grimmig irgendetwas in ein kleines Heft hinein. Dass sie Brasilianerin war, war sofort klar, sie trug ein grüngelbes T-Shirt. Auch dass sie chirurgisch nachgeholfen hatte, war auf den ersten Blick zu erkennen, vollkommene Brüste *made in Brazil*, bei uns eine Selbstverständlichkeit, ohne die sich ein ordentliches Mädchen gar nicht auf die Straße traute. Sie mussten sie ihr verkleinert haben, denn vor Jahren wogten unter ihrem Oberteil noch viel voluminösere Granaten.

Bei der Kasse stellte ich mich ihr in den Weg. »Oi«, grüßte ich.

Sie zuckte zusammen, als wäre sie von einer Schlange gebissen worden. »Guten Tag«, antwortete sie geschraubt.

Dann musterte sie mich ganz genau und fing plötzlich an, wie irre zu lachen. »Marta, du bist doch Marta!« Sie wieherte aus voller Kehle und scherte sich gar nicht um die anderen Kinobesucher, die noch vom Film ergriffen den Saal verließen. Eine Brasilianerin halt. Zur Hälfte ein verrücktes Kind, das auf die kleinste Regung seines pathetischen Herzens hin lachen und heulen kann, zur anderen Hälfte eine kakaobraune Frau mit tschechischen Zügen, etwas pausbäckig und mit grünen Augen. Sie lachte sich ordentlich satt, und ich kapierte immer noch nicht, worüber. »Ach, Marta, wir zwei haben zusammen getanzt, im tschechisch-brasilianischen Folklorezirkel in Paulo! Wenn es zu wenig Jungs gab, haben wir zusammen diese böhmische Polonaise getanzt!«

Meine Güte! Klar doch, das war Lena, die durchgeknallte Lena, die ich schon über fünfzehn Jahre nicht mehr gesehen hatte, an die ich nie dachte und die ich damals so überhaupt nicht leiden konnte, weil sie älter war und hübscher. Aber vor allem musste sie nicht auf die deutsche Schule gehen und Kunst machen.

Und so begann unsere Freundschaft, die durch mein tristes Plattenbauleben voller bunter Stickgarne donnerte wie eine Herde durchgehender Wallache. Lena erzählte mir alle Neuigkeiten, darüber, wie sie aus São Paulo in die Wildnis gegangen war, weil ihre Mutter die vom Großvater geerbte Farm retten wollte, darüber, mit wie vielen Tänzern aus dem Folklorezirkel sie gegangen war, und vor allem darüber, wie sie hier einmal vor den Leuten zum Besten gegeben hatte, dass sie als Cowgirl auf einer Farm gearbeitet und in Brasilien böhmische Polonaise getanzt hatte, und wie alle dachten, sie sei gerade aus dem Irrenhaus entlassen worden. Hätte sie behauptet, Jesus zu sein und aus dem Dschungel zu kommen, um den Menschen das Zitherspielen beizubringen, dann hätte das denselben Effekt gehabt. Ihre absurde Welt war ansteckend und meiner sehr ähnlich, sodass ich mir sagte: Okay, geb ich der unerträglichen Lena aus meiner Kindheit halt noch eine Chance. Ich brachte ihr das Stricken bei, und sie erzählte mir dabei, wie sie versuchte, ihrer Besessenheit von einem Typen zu entkommen, der so unglaublich schön und reich war, dass die Mädchen von allen Farmen im Umkreis von hundert Kilometern scharf auf ihn waren. Diese Besessenheit hatte ein konkretes Ziel, und ich erinnerte mich, wie sie damals nicht nur mit den hübschesten Jungs tanzen wollte, sondern auch mit den Söhnen der reichsten Eltern. Damals hatte ich sie für ihr berechnendes Wesen verachtet, ich dachte, sie kann doch nicht einfach alles haben wollen, denn auf diese Weise würde sie zu gar nichts kommen. Bloß hat mein naiver Glaube an die Gerechtigkeit Gottes in ihrem Fall noch jedes Mal versagt. Dass es nicht genug Jungs gegeben und wir zusammen getanzt hatten, war genau ein Mal passiert, und sie hat irgendwann immer ein Solo mit dem reichsten Schönling aufs Parkett gelegt. Doch meine Pubertät war längst vorbei, und so lauschte ich interessiert ihrer Geschichte mit dem Cowboy, an dem sie sich die Zähne ausbiss und mit dem jedes Mal eine andere tanzte. Das Witzigste daran war, dass er ihr von einer durchgeknallten Geistertante geweissagt worden war, die von Farm zu Farm zog. Spiritismus, Candomblé, ein Cocktail aus afrikanischen Götzen mit einem Schuss Tarot, so was gibt Brasilianern einen Kick. Und das galt offenbar auch für Lena. Sicher hatte sie über ihrem Tisch einen Kristall hängen und zündete sich für eine gute Arbeitsatmosphäre Räucherstäbchen an. Sie hatte sich also mit dem Cowboy betrunken und ihn dann nicht rangelassen, und zwar deshalb, weil die Kartenlegerin ihr prophezeit hatte, dass er schließlich ihr Mann wird, wenn sie ihn nicht ranlässt. Oder so ähnlich. Bloß war dann alles etwas komplizierter geworden, ihr Cowboy schaute sich lieber nach Frauen um, die nicht von zukünftigem Glück belastet waren, und Lena quälte sich halb tot. Also begann sie, Geschäfte mit ihm zu machen, sie kaufte Stiere aus seiner Zucht, und nach und nach kamen sie sich näher, sie waren einer Meinung darüber, wie viel ein Kalb wiegen sollte und was zu tun war, um die Maul- und Klauenseuche auszurotten. Das ging so weit, dass sie irgendwann tatsächlich etwas miteinander anfingen, aber Lena war von den Teufelsaugen der wunderlichen Vettel so in Bann geschlagen, dass sie erst dann seine Geliebte werden wollte, wenn er willens wäre, sie zu heiraten. Ihre mittelalterliche Forderung passte allerdings nicht recht dazu, wie unabhängig sie war, wie schnell sie reiten und wie präzise sie zielen konnte. Vermutlich verwirrte das den Cowboy so sehr, dass er beschloss, es lieber so zu lassen, wie es war. Er würde gar nichts mehr tun, schließlich konnte man gute Geschäfte mit ihr machen, sie war nicht langweilig, und die anderen Mädchen waren eben einfach nett. Eine ziemlich komplizierte Geschichte, und vielleicht habe ich sie auch gar nicht richtig verstanden.

2

Und jetzt war Lena in Prag und versuchte, das Durcheinander in ihrem Kopf zu sortieren. Es war interessant, dass sie glaubte, ausgerechnet ihn zu brauchen. Als sie einen Schal, der ihr nicht perfekt genug vorkam, zum dritten Mal auftrennte, erklärte sie mir: »Nette Kerle sind nicht in der Lage, Geld zu machen.« Sie führte das noch weiter aus, und ich hatte immer mehr den Eindruck, als würde es sich dabei um irgendeine Zuchttheorie handeln. Irgendwann verglich sie Männer sogar mit Stieren, so was wie: Der wildeste Stier hat die meisten Kühe und demzufolge die schönste Nachkommenschaft, oder so ähnlich. Lena war besessen von vollkommener Schönheit und Kraft. Sie tat mir leid, denn das roch verdammt nach Verzweiflung darüber, dass weder Stiere noch Cowboys monogam lebten oder der Meinung waren, nur eine einzige schicksalhafte Frau oder Kuh finden zu müssen.

Wir strickten gemeinsam jede Menge Sachen. Lena hatte die besondere Gabe, meine schwarzen Vögel mit unsinnig bunten Fransen zu ergänzen, die dem Ganzen Pfiff gaben, wie sie mir oft versicherte. In dem Geschäft wurden sie uns förmlich aus der Hand gerissen, aber die Bezahlung war nach wie vor miserabel. In der Bar wollte Lena nicht mit mir arbeiten. Sie war überzeugt, dass die Männer, die dort ihren Kaffee tranken, zahm waren wie Schäfchen. Prag hingegen wirkte keineswegs lammfromm auf sie. Sie war von dem Netz stillschweigender Beziehungen fasziniert, die sie nur schwer durchschauen konnte, aber das reizte sie und forderte sie zu besserem sozialen Engagement heraus. Mich deprimierte das. Meine einzige Rettung davor, mein Leben komplett in einem Korbsessel mit Haufen bunter Wolle auf dem Schoß zu verbringen, war die Bar. Abends stellte ich mich hinter den Tresen, und wie eine rätselhafte Statue – so hatte ein Journalist einmal gewitzelt – sagte ich den ganzen Abend über kein Wort. Bis es schließlich passierte. Eigentlich war völlig klar, dass etwas passieren musste, dass die Konstellation endloses Schweigen/Plattenbau/Lena nicht mehr haltbar war.

Ein Mann um die dreißig in einem ausgeleierten gestreiften T-Shirt sprach mich an. Sofort weckte er in mir das Bedürfnis, ihm zu Weihnachten ein echtes Matchbox-Auto zu schenken. Seine Augen waren blauer als Mamas Zwiebelmusterporzellan und sein Kopf kahl geschoren. An seiner Nase funkelte ein gläserner Stecker. Er fragte mich, ob ich Lust hätte, als Freiwillige in einer Nervenklinik auszuhelfen. Der Blütenstaub karitativer Veranstaltungen musste an mir haften geblieben sein. Die wurden einmal jährlich in der Waldorf-Schule abgehalten, und ich ging mit Brötchen herum und brachte Rollstuhlfahrern bei, wie man böhmische Polka tanzt. Ich sagte, dass ich Lust hätte, und all meinen ungelenken Prinzipien zum Trotz fügte ich hinzu: »Deine Augen sind so blau!«

Er riss sie auf, räusperte sich, bewahrte aber Haltung.

Wir sprachen alles ab, und am Wochenende fuhr ich zu dem großen Areal der Nervenklinik hinaus, das durchwirkt war von alten Platanen, verrosteten Klettergerüsten, Küchendunst und alten Bademänteln. Ich setzte mich auf einen mit Samt bezogenen Sessel, der vor einer optimistisch daherkommenden Wandzeitung voller bunter Flyer über die Effektivität der jüngsten Generation von Antidepressiva stand. Ich war zu früh dran.

Plötzlich erschien ein weißer Mantel, aus dem ein kahl geschorener Schädel mit einem funkelnden Nasenstecker herausragte. Die Schwester machte auf dem Absatz kehrt, und ihr gestärkter Kittel schien zu fauchen: »Was hat die

Braungebrannte mit den Locken hier zu suchen?« Und ich hielt in Gedanken mit meinem Lieblingshit aus Bahia dagegen: »Schwarzes Fleisch, oh ja, mein Mädel, ist am allerbilligsten, am Markt kriegst du's für einen Kuss von der alten Babalu.«

Der blauäugige Kahlkopf drehte sich um, und als er mich mit überkreuzten Beinen in der weißen Trainingsjacke und dem rosa Minirock da sitzen sah, musste er lachen und sagte: »Du wirst allen gefallen.«

Die Schwester stolperte, sie fluchte, und wäre es nach ihr gegangen, dann wäre ich schnurstracks zur Kneippkur marschiert.

Und ich gefiel allen. Am meisten der jungen Martina. Meine Aufgabe war es, ein wenig Zeit mit ihr zu verbringen und darüber zu reden, warum die Familie ihres Vaters, des Botschafters, kalt war wie eine Hundeschnauze und sie sich deswegen das Leben nehmen wollte. Sie war Teil irgendeiner Forschungsarbeit von Blauauge zwecks Erlangung der Promotion. Mein junger Herr Doktor erforschte, ob unerfahrene, aber einfühlsame Freiwillige in der Lage wären, ein genauso hilfreicher seelischer Mülleimer zu sein wie erfahrene, mit allen Wassern der Psychoanalyse gewaschene Therapeuten. Ich hatte damit kein Problem. Mir war hier in Prag und an der Seite von Lena klar geworden, dass die Brasilianer die größten Experten im Reden und Zuhören waren, die es auf der Welt gab. Ich hörte Menschen lieber zu, aber wenn ich mit jemandem auf derselben Wellenlänge war, konnte ich Stunden und Tage mit ihm durchquatschen. Und die junge Gymnasiastin, der offenbar nie jemand zugehört hatte, interessierte mich, sie weckte so etwas wie Einfühlungsvermögen, dieses zarte Pflänzchen, das von meinen Waldorflehrern so rührig umsorgt worden war. Wir sprachen tschechisch miteinander, aber mit dem brasilianischen Sinn für oberflächliche Fragen und unverbindliche Antworten, mit diesem Balanceakt, Sätze halb ausgesprochen in der Luft stehen zu lassen, nicht über ihren Sinn nachzugrübeln, sich nur an der erfrischenden Gegenwart eines anderen sprachbegabten Wesens zu laben.

Einmal werd' ich es erfahren

(Luiza)

1

Er war von ausgesprochener Noblesse. Sehr kühl. Sehr geheimnisvoll. Vor allem war er kein Brasilianer. Er wollte nicht, dass ich zu Hause herumsaß, war nicht eifersüchtig auf meine Freundinnen, behauptete nicht, dass ich ihn nicht beachten würde, wenn ich strickte, und verlangte auch nicht, dass ich von früh bis spät seinem Gerede lauschte. Er schlief nicht mit anderen. Er ging sich nicht mit Kumpanen betrinken und spielte auch nicht schwarz Lotto. Er liebte das Theater, Gemälde, den Bossa Nova und alles, was mit Politik zu tun hatte. Wir begegneten uns im Büro. Ich trug einen Faltenrock und eine blaue Strickjacke mit Druckknöpfen und zerbrach mir den Kopf, warum dieser Ausländer mit dem leichten Akzent und der etwas zu hohen Stimme ständig so in Gedanken versunken war. Er war nicht mein Chef und auch nicht der Chef von irgendwem sonst. Dennoch strahlte er eine Fähigkeit aus, andere

Leute zu dirigieren. Er arbeitete als Konsulent. Seine vage Funktion, bei der sich keiner die Mühe machte, sie irgendwem zu erklären, bestand darin, dass er für unsere deutsche Firma auf den Märkten des Ostens Kontakte knüpfte. Einmal im Sommer sah ich auf der Innenseite seines linken Arms eine eintätowierte Nummer. Er trug damals ein fesches braun gestreiftes, kurzärmeliges Hemd. Da stimmte etwas nicht. Sein sandfarbenes Haar und die grünen Augen und die hoch aufgeschossene Gestalt mit den linkischen Bewegungen deuteten nicht auf eine jüdische Herkunft hin. Vielleicht war er im Widerstand gewesen? Seither hatte ich nichts anderes mehr im Kopf als diese Nummer, das Geheimnis dieses Mannes, sein kühles Lächeln. Ich bediente mich dann des allergewöhnlichsten Tricks, zu dem alle Sekretärinnen der Welt greifen, die herausfinden wollen, ob ihr Zielobjekt anbeißen würde: Ich goss ihm Kaffee über seine gestreifte Pracht.

Zum ersten Mal sah er mich richtig an. Es war unangenehm, weil er kein Brasilianer war und seinen unverschämten Blick, mit dem er mein Dekolletee, meine Augen und mein Haar musterte, nicht mit Komplimenten garnierte. Er sagte: »Jetzt haben Sie keinen Kaffee mehr und ich kein Hemd. Ich ziehe mir ein neues an, und Sie gehen mit mir Mittag essen.«

Ich ging mit ihm mit wie zu meiner Hinrichtung, auf einmal wollte ich keine Sekretärin mehr sein, ich wollte keine blaue Strickjacke und keinen Faltenrock mehr tragen. Ich wollte weg. Oder wenigstens schlauer werden, um den Grad der Gefahr beurteilen zu können, die dieser arrogant daherredende Mensch darstellte. Ich ahnte schon, dass es mit ihm weder einfach noch angenehm sein würde. Es war wie ein Blitz aus heiterem Himmel, als würde mir schwarz vor Augen, und ich sah eine merkwürdige, graue Stadt vor mir, eine Unmenge von Türmen, eine alte Frau und einen großen Platz mit Tauben. Es dauerte nur ein, zwei Sekunden, aber dieses Traumbild kehrte über Jahre immer wieder, jedes Mal, wenn ich mir den Kopf darüber zerbrach, was mir das Leben mit Yaromir Cerny bedeutete.

Wir heirateten, die Feier fand im Jockey Club in São Paolo statt, und eingeladen waren vor allem Landsleute von Yaromir, die wie er aus Böhmen gekommen waren, allerdings zu verschiedenen Zeiten und unter verschiedenen Umständen. Ich spürte ihre Feindseligkeit gegenüber dieser Stadt, gegenüber den deutschen Zuwanderern, die wiederum zu meinem Erbe gehörten, gegenüber sich selbst und vor allem gegenüber Yaromir. Ich begriff nicht, warum er sie eingeladen hatte. Erst ein Jahr später – da wusste ich bereits mehr über seine Arbeit – erklärte er mir, dass sie für ihn bloß Informationsquellen waren, ein Netz von Kontakten, das er geduldig weiter webte wie eine wohlgenährte Spinne. Yaromir arbeitete als Konsulent und Doppelagent. Ich war damals nicht clever genug, mir Literatur zu diesem Thema zu besorgen, und fragen konnte ich niemanden, ohne denjenigen in höchste Lebensgefahr zu bringen.

Einmal, bei einem dummen Streit, als ich wie ein kaputtes Spinnrad ständig wiederholte, dass ich endlich wissen wolle, warum er mit einem Revolver unterm Kopfkissen schlief und was er eigentlich tat, verkündete er trocken: »Ich bin Doppelagent, Mädel. Ein Spion, der für beide Seiten arbeitet.«

Ich setzte mich auf die Couch und schämte mich zuzugeben, dass ich nicht wusste, was das bedeutete. Spion, okay, seltsamer Beruf, aber Doppelagent, darunter konnte ich mir irgendwie nichts vorstellen.

»Ich musste es dir sagen, weil ich genau weiß, dass das niemand aus dir rausprügeln kann. Ich weiß es einfach. Ich vertraue dir und habe keine Ahnung, warum. Ich musste es irgendwem erzählen, und keiner wird annehmen, dass ich so dumm bin und es meiner eigenen Frau auf die Nase binde. Ich will, dass du weißt, was ich für einer bin.«

2

Er war zur Hälfte Jude und in einem kleinen mährischen Dorf groß geworden. Seine Mutter stammte aus einer reichen, gutbürgerlichen Familie, die sie enterbt hatte, weil sie mit achtzehn einen armen Juden geheiratet hatte und mit ihm aufs Land gezogen war. »Ich wollte schon immer Kaninchen halten, und dein Vater, das ist eben so ein kleines Kaninchen für mich ...«, soll sie gelacht haben, als sie ihrem Sohn die Gründe für ihre Rebellion erläuterte.

Irgendwo inmitten des hügeligen Marsgebirges, unterhalb einer romantisch verfallenen Burgruine hatten seine Eltern ein Häuschen und ihr bescheidenes Auskommen. Trotz der ärmlichen Verhältnisse unterstützten sie ihn mit aller Kraft, und schon am Gymnasium las er jeden Tag die Zeitung. An den Wochenenden streifte er immer allein und melancholisch durch die mährischen Berge, und nach dem Unterricht saß er mit Erlaubnis des Direktors vor dem einzigen Radio der Schule. Später wurde er begeisterter Funkamateur. Er surfte auf den Kurzwellen und stellte sich vor, dass sie ihn über den Ozean trügen, in eine mit unsichtbaren, aber wundertätigen Freunden bevölkerte Welt. Er war ein Geheimniskrämer und pflegte nie mit irgendwem engere Freundschaften. Seine langatmigen politischen Auslassungen sorgten bei Anderen für Befremden, und auch im Gasthaus gab er zeitlebens für niemanden einen aus. Dauernd malte er den Teufel an die Wand, dass es unter Hitler schon bald kein Pardon mehr geben würde.

»Weltpolitik hat mich immer interessiert, das ewige Gezerre der inneren Angelegenheiten nie. Nur wenn man die Politik aus größerer Höhe betrachtet, findet man sich noch halbwegs zurecht«, erklärte er mir, während wir durch Parks voller weißer und tiefrosa Orchideen spazierten, die geduldig Nährstoffe aus der Luft und den Stämmen schlanker Palmen herausholten. Er schrieb seinem Cousin in Amerika, dass er weg wolle. Sein Cousin war vom amerikanischen Sinn für Gerechtigkeit und Familie geprägt, also schickte er nicht nur ihm ein Schiffsticket, sondern auch seinen Eltern. Die waren in der Lage, einen Wetterumschwung schon eine Woche im Voraus zu spüren, und der Vater trug die Ahnung von der Gefahr eines Pogroms tief in seinem Unterbewusstsein eingebrannt, also zögerten sie nicht lange, verkauften alles und reisten ab.

»Kaninchen halten kann ich schließlich auch woanders«, sagte Yaromirs Mutter leise zu sich, als sie beschloss, nur Papiere, Geld, Unterwäsche und den Rest Veilchenparfüm in ihren kleinen Pappkoffer zu packen. Alles andere verschenkten sie an die Nachbarn.

In Amerika arbeitete Yaromir in einer der gerade im Entstehen begriffenen Werkstätten der mährischen Baťa-Schuhfabriken. Er las ununterbrochen und immer mehr und ging zur Abenduniversität. Ständig lernte er irgendwen kennen. Er hatte die Gabe, unverbindlich über nichts zu plaudern, wobei es ihm gelang, seinem Gegenüber sogar Dinge zu entlocken, die derjenige selbst nicht von sich wusste und erst recht nicht hatte ausplaudern wollen. Einmal kam er an einem Tresen zu seiner eigenen Erbauung mit einem dickbäuchigen Onkelchen ins Gespräch, an dem er sein Talent auslebte, Leuten alles aus der Nase zu ziehen. Allerdings stammte der Herr aus keiner ehrbaren Familie, es war ein amerikanischer Nachrichtendienstoffizier, und sehr wohl bemerkte er Yaromirs Laster, mehr wissen zu wollen, als nötig und anständig war. Sie trafen sich fortan regelmäßig bei schalem Bier. Schließlich war der Dicke es, der Yaromir *abschöpfte*. Er bemerkte, dass der junge Amateurfunker, verborgen hinter einem unauffälligen Äußeren, eine unbändige Sehnsucht nach Abenteuern in sich trug, über einen exakten logischen Verstand verfügte und Grundkenntnisse in der Bedienung von Funkanlagen hatte. Am Ende war Yaromir nicht nur mit einer Ausbildung einverstanden, sondern auch damit, unter falschem Namen zurück in die Tschechoslowakei zu gehen und zu helfen, wichtige Leute, die geblieben waren, weil sie zu spät erkannt hatten, dass es der plärrende Wahnsinnige mit dem Bärtchen ernst meinte, über die inzwischen hermetisch abgeriegelten Grenzen zu bringen. Schon damals gab es Headhunter, die genau wussten, wer unverzichtbar war, wer gerettet werden musste, solange es noch ging. Von Vorteil war auch, dass Yaromir früher gerne als Einzelgänger durchs Gebirge gezogen war und mit den mährischen Sudeten und Beskiden bis in den hintersten Winkel vertraut war. Auch auf der slowakischen Seite der Beskiden war er wohl hundert Mal gewesen, und die »Affenberge«, wie das Altvatergebirge wegen seiner launischen Wetterumschwünge genannt wurde, kannte er wie seine Westentasche.

Als Erstes sollte er zwei Chemieingenieure über die Grenze nach Polen bringen, die bis Anfang 1940 zwar gefährlich, aber noch halbwegs durchlässig war. Dann zurück in die Berge, um eventuell auf die Montage einer klobigen Funkanlage zu warten und beim Verbindungsaufbau mit London zu helfen, was im Rahmen der ersten Regungen des Widerstandes noch nicht recht funktionierte. »Ich habe einen Chiffrierschlüssel bekommen, gefälschte Dokumente, lernte die Heldensage über mein angebliches bisheriges Leben auswendig, und meine Kontaktperson erwartete mich am Bahnhof in Weißwasser. Es war ein Abenteuer, ein Dienst an meinem Land, und auch wenn das hier in Brasilien seltsam klingen mag, damals ging es mir nahe. Und natürlich hatte ich absolut keine Lust, als biederer Baťa-Schuster in einem kleinen Häuschen in der Vorstadt zu enden, mit einem reinlichen Weibchen an meiner Seite.«

Er erzählte mir das sehr distanziert und gleichzeitig in einem holprigen Rhythmus. Vielleicht lag es daran, dass er, wenn er aufgeregt war, in seinem Portugiesisch die erste statt der vorletzten Silbe betonte, sodass jedes Wort wie ein dumpfer Pistolenschuss klang, statt breit über die Zunge zu schwappen. Er wollte, dass ich ihn verstehe, dass ich diesen schlaksigen Jungen mit dem eckigen Gesicht sah, der Angst vor Biederkeit hatte, sonst aber vor gar nichts. Und ich sah ihn klar vor mir, in einer maßgeschneiderten Leinenhose, mit unsteten, verschwiegenen grünen Augen, die aus heiterem Himmel so schauen konnten, dass es einem den Hals zuschnürte wie dem Opfer einer gefräßigen Anakonda im Schatten am Fluss.

Der Brief
(Maruška)

1
Der Brief kam knapp drei Jahre nach Kriegsende. Wer weiß, wie Jaromír die Adresse meines Onkels aufgetrieben hatte, an den er ihn geschickt hatte. Mein Onkel kam eines Tages an und überreichte ihn mir, das war Anfang Januar 1948. Ich kann mich an seinen Pelzmantel und sein verschwörerisches Grinsen erinnern. Verlegenheit, Angst und ausweichende Blicke waren zwischen uns nicht üblich.

Im Hafen von Santos, Brasilien, Herbst 1947

Liebe Maruška,
ich schreibe Dir an die Adresse Deines Onkels in Mähren und weiß nicht, ob und wann Dich mein Brief erreichen wird. Die Entfernung ist so unvorstellbar groß. Wer weiß, wie lange dieses Schreiben unterwegs sein wird. Ich bin bis in den Hafen im brasilianischen Santos gekommen, unweit der großen Stadt São Paulo. Es ist ein riesiger Umschlagplatz voller Menschen aus aller Herren Ländern, die von irgendwo weggegangen sind. Du kannst Dir das sicher vorstellen, nach diesem schrecklichen Krieg, wie viele sich retten wollten. Japaner, Araber, Spanier, Schwarze, Juden.
Ich schreibe Dir, weil Du – Deinem Onkel sei Dank! – am Leben bist, und nun bist du der einzige Draht in meine Heimat, das Einzige, was mir in Böhmen geblieben ist. Ich hoffe, dass diese Verbindung bestehen bleibt und nicht unversehens abreißt wie bei so vielen

unserer Landsleute, die ich hier getroffen habe. Ihre Freunde und Verwandten sind im Krieg gestorben, verschwunden oder sonstwie verloren gegangen. Wie ich höre, regt sich in Böhmen und in der Slowakei vor allem trügerische Hoffnung. Das birgt mit Sicherheit Gefahr, vor allem für diejenigen, die etwas besitzen. Deswegen kehren die Menschen, die sich vor dem Krieg oder währenddessen hier niedergelassen haben, vorerst nicht in ihre Heimat zurück und können sich so noch nicht auf die Suche nach ihren Lieben machen. Gott sei Dank habe ich inzwischen wenigstens Nachricht von Dir.
Wie geht es Dir, meine Teuerste? Denkst Du manchmal an mich? Ich erinnere mich gut, auch wenn mir heute scheint, dass wir eigentlich noch Kinder waren, als wir uns auf den Wiesen hinter dem Gut oder bei der alten Ruine getroffen haben. Ich erinnere mich an das Pochen Deines Herzens. An die weiße Kapelle auf dem Hügel, wo Du den Margeriten immer neues Wasser gegeben hast. Mir hat immer gefallen, dass Du es nie eilig hattest. Hast Du noch die langen schwarzen Zöpfe wie damals? Bestimmt nicht, wo Du doch jetzt in Prag im Ministerium arbeitest. Vielleicht hast Du sie Dir abgeschnitten, wie diese »chiquen« Fräuleins, die es auch hier gibt, ständig auf Trab, die Haare mit Lockwelle und eher kurz, sogar die Negerinnen. Aber ich schreibe Unsinn, verzeih mir bitte. Ich denke an Deine rabenschwarzen Augenbrauen und die dunklen Augen und frage mich, warum ich mich auf all die Abenteuer eingelassen habe und nicht lieber zu Dir gekommen bin, um Deinen Eltern all die Gefahren auseinanderzu-

setzen, die Euch gedroht haben. Bloß hätten mir Deine Mutter und Dein Vater nicht geglaubt. Du hast mir damals auch nicht geglaubt, und das hat mich gekränkt. Ich habe mir gesagt, dass ich im fernen Amerika ja wohl auch eine wie Dich finden würde, und damit habe ich mich törichterweise getröstet, aber im tiefsten Herzen war mir bei dieser Vorstellung bange. Und ich habe tatsächlich auf der ganzen Welt keine wie Dich getroffen. Keine hat Deine Gabe, mir zuzuhören, und keine Haare auf der Welt sind so lang und so schwarz.

Ich habe erfahren, dass Du lebst und dass Du noch immer unverheiratet bist. Das lässt mich hoffen. Aber gleichzeitig weiß ich auch, dass die Situation bei Euch im Land unerfreulich ist und schon bald voller Hass sein wird. Ich will Dich nicht drängen, aber ich könnte es mir nie verzeihen, wenn ich Dich nicht wie vor neun Jahren darum bitten würde, zu mir zu kommen. Diesmal schreibt Dir das ein reifer Mann, der im Krieg viel durchgemacht hat. Frag mich nicht, Maruška, woher ich das alles weiß, schreib mir nur bald, damit ich Dir eine Schiffsfahrkarte kaufen und schicken kann. Schreib so schnell wie möglich, ob Du den Mut zu einem solchen Schritt findest. Dein Onkel hat sich offenbar schon entschieden, ich denke, er tut das Richtige, er versteht etwas von Landwirtschaft, und ich bin überzeugt, dass es ihm mit seinen eher konservativen politischen Ansichten und seinem sturen Charakter letzten Endes daheim nicht gut ergehen würde. Ähnliche Warnungen höre ich von denjenigen, die erst unlängst hier eingetroffen sind.

Das Land hier ist voller Möglichkeiten. Unsere Lands-

leute sagen, man wäre hier als Einäugiger König unter den Blinden, und die meisten von ihnen haben sich gut eingelebt. Die Natur ist hier so vielfältig, der Dschungel voll mit wilden Orchideen, und selbst manche Viertel in der Stadt ähneln eher exotischen Parks. Du musst das aber alles mit eigenen Augen sehen, ich bin im Schreiben nicht so bewandert, um Dir alles schildern zu können. Mir hat Erdkunde schon immer mehr gelegen als das Verfassen von Aufsätzen.

Meine teure Maruška, ich wünsche mir von ganzem Herzen, dass Du nicht zögerst und dass ich Dich schon bald in meine Arme schließen kann.

Dein Jaromír

Ich habe den Brief tausendmal gelesen. Immer vor dem Schlafengehen habe ich ihn gelesen und mir Jaromír vorgestellt. Ich habe mir ein Leben mit einem mittlerweile völlig Fremden vorgestellt, in den ich vor so vielen Jahren wahnsinnig verliebt gewesen war. Was würde ich hier alles zurücklassen? Die Beamtenstelle mit ihren alltäglichen Pflichten, die gelegentlichen Kinobesuche mit Freundinnen und zwei Stück Torte pro Woche im Café Slavia. Die Ausflüge mit dem Rad an der Moldau entlang und die samstäglichen Zugfahrten zu meinem Onkel nach Mähren. Bloß würden die nun wegfallen, falls sich mein Onkel auch entschlossen hatte wegzugehen. Ich stellte lieber keine Fragen. Seit der Zeit, als ich mich bei ihm auf dem Hof versteckt gehalten hatte, brauchten wir uns Dinge nicht erst lang und breit zu erklären. Ich wünschte ihm nur viel Glück. Er schenkte mir ein breites Lächeln, zog sich seinen schweren altmodischen Pelzmantel über und fuhr mit dem nächsten Zug zurück nach Mähren und dann wer weiß wohin. Ich wusste, dass er auf sich aufpassen könnte. Seine Abreise lieferte mir jedoch paradoxerweise einen weiteren Vorwand, nicht nach Brasilien zu gehen. Ich wollte ich selbst sein, wollte nicht von Null anfangen und noch dazu mit Menschen, die in so engem Zusammenhang mit der Kriegsvergangenheit standen. Ich wollte einfach meine Ruhe. Nur nach einer einzigen Sache sehnte ich mich: Zu verharren im Fluss der Zeit, deren längst vergangene Erscheinungsformen unauffällig immer näher kamen. Und davon wurde mir übel.

Jaromír arbeitete also im Hafen, vielleicht trug er ein gestreiftes Matrosenhemd und hatte Muskeln. Ich konnte mir das nicht vorstellen, Muskeln an seinen dünnen Armen. Womöglich war er auch noch tätowiert. Diesen Brief hatte ich nicht erwartet. Jaromír war vor neun Jahren wie vom Ozean verschluckt worden, ich habe zwar sehr viel an ihn gedacht, aber die Strapazen des Krieges und auch die Schmach, dass er damals in allem Recht behalten hatte, haben ihn aus meinem Kopf vertrieben. Und nun tauchte er wieder auf und warnte mich erneut vor etwas, das wir alle kommen sahen, uns aber nicht eingestehen wollten. Er bot mir ein anderes Land und wohl auch seine Liebe, die wahrscheinlich auch in mir immer noch schlummerte, denn ich habe mich mit keinem Mann mehr so frei und ungezwungen gefühlt wie mit ihm. Vielleicht ist es das, was mich hemmt. Ich schaffe es nicht, mir mit anderen Männern näher zu kommen, und meine Freundinnen können sich das nicht erklären, weil ich nie einer von Jaromír erzählt habe. Und in unserem Dorf wussten auch nur die wenigsten von uns, denn Jaromír ist immer schon ein Geheimniskrämer gewesen und befürchtete, dass uns meine oder seine Eltern aufgrund irgendwelcher Vorurteile in die Quere kommen würden. Und so kam es, dass er all unsere Stelldicheins in den Wäldern sorgfältig plante und durchdachte, und sicherheitshalber hat er mich auf den Fluren des Gymnasiums nie auch nur aus dem Augenwinkel angesehen. Einmal, als ich zu der kleinen Kapelle auf dem Hügel ging, hielt er mich im Wald auf und fasste mich am Arm, selbst heute noch brennt diese Berührung. Ich wehrte mich überhaupt nicht gegen ihn, und er zwang mich auch zu nichts. Er forderte mich nur auf, ihn zu lieben, und ich gehorchte und stellte keine Fragen. Ich wusste, dass unsere Liebe bei ihm in Sicherheit war und dass niemand von ihr erfahren würde, ehe Jaromír es für angebracht hielt.

Ein Krieg wurde immer wahrscheinlicher, und er drängte mich, erzählte mir, was in Deutschland vor sich ging, kaufte Zeitungen und las mir daraus Artikel über die weltpolitische Lage vor, die mich sehr langweilten oder mir Gänsehaut verursachten. Er wollte, dass ich mit ihm weit weg gehe, zu seinen Verwandten nach Amerika. Zum ersten Mal hatte ich Angst vor ihm. Ich wollte unser Haus nicht verlassen, meine Eltern und ihr kleines Galanteriewarengeschäft. Ich wollte die deutschen Uniformen am Horizont nicht sehen. Hätte er mich noch eine Weile bearbeitet – vielleicht hätte ich nachgegeben. Aber er hatte bereits gepackt und reiste mit seinen Eltern ab. Briefe kamen schon bald keine mehr und der Krieg fing an.

Die Droge
(Marta)

1
Das alles erzählte mir Maruška mit dem krummen Rücken, zu der mich mein Katerchen Blauauge nach mehreren erfolgreichen Unterhaltungen mit anderen Patienten geführt hatte. Er sagte mir, dass dies die Frau sei, deretwegen er mich damals in der Bar eigentlich angesprochen hatte. Damit war alles klar. Ich hab mir gleich gedacht, dass er noch etwas Anderes in der Hinterhand haben musste. Da hatte mir also meine brasilianische Herkunft zur Liebe verholfen ... Ihm war die Idee gekommen, dass ich ihr von dem Land erzählen könnte, wo sie nie hatte hinfahren können und wo der Mann gelebt hatte, den sie liebte. Er sagte, sie sei eigentlich ein ganz simpler Fall, eine Art unheilbare Melancholie, und er bat mich, mir von Maruška wenigstens einen der Briefe ihres Geliebten zeigen zu lassen. Sie zeigte ihn mir nicht sofort, sondern erst nach einem Monat, nachdem ich ihr Brasiliens Flora und Fauna und die Hässlichkeit des Hafens von Santos geschildert hatte. Sie wollte alles wissen, wo genau man die Emigranten untergebracht hatte, wie sie dann nach São Paolo gelangt waren, was sie gegessen hatten, wohin sie nach der Arbeit gegangen waren, um sich zu amüsieren. Ganze Abende lang verbrachte ich im Internet, um ihr auch alle diese besonders detaillierten Fragen beantworten zu können. Schließlich holte sie aus ihrem schwarzen Lacktäschchen einen teuren Terminkalender heraus, in dem sie ein zerbröselndes Stück Papier stecken hatte. Darauf standen, mit Kopierstift geschrieben, so feurige und gleichzeitig in sich so schlüssige

Sätze, dass ich nicht anders konnte, als mich tief vor ihrer Geschichte zu verneigen.

Maruška trug ein wunderschönes Seidenkleid. Eng umspannte es ihre zarte Gestalt und war reich bestickt. Das überbordende Muster und der konservative Schnitt waren so auffällig, dass ich das Gefühl hatte, jemand hätte es speziell für sie entworfen. Ihr dichtes, glänzendes graues Haar hatte sie immer mit einem Samtband zu einem kurzen Zopf zusammengenommen. Mich fesselten ihre ruhigen Bewegungen und die verträumten schwarzen Augen, als hätte sie es nie im Leben je eilig gehabt; sie hatte etwas von einer Nonne, die irgendwelchen bacchantischen Gottheiten geweiht war. Sie sah sehr alt und kostbar aus, wie diese hauchdünnen Tassen mit Goldrand in Antiquitätenläden. Ich war begeistert von ihrem Kleid, das in den abenteuerlichsten Farben schwelgte, Rosa neben Orange, was aber vom dunklen Hintergrund des teuren Stoffs wieder gedämpft und gebändigt wurde. Später sagte sie mir, dass sie das Kleid über mehrere Jahre hinweg komplett selbst bestickt hatte. Dafür, dass sie es vor zwanzig Jahren gemacht hatte, wirkte es modern, als hätte sie es bei einer Modenschau erstanden, für die vormittäglichen Mußestündchen mit ihrem Therapeuten. Es hatte ihr ganzes geduldiges Warten auf den geliebten Jaromír ausgehalten, der nie aus Brasilien zurückgekehrt war, der ihr aber heimlich Medikamente, Stoffe und Briefe geschickt hatte.

Einmal sagte sie zu mir: »Ich hätte mich von allem frei machen sollen, gleich nachdem ich beschlossen hatte, ihm nicht nachzureisen. Ich hätte nicht auf die Päckchen und Kuverts warten dürfen. Bloß hatte ich nie die Kraft, das aufzugeben. Es war wie eine Droge, eine schwere, berauschende Droge. Ich war von meiner eigenen Vergangenheit abhängig. Das Opium der Erinnerungen, das mit seinem Tod aufgebraucht war. Es gab keinen Dealer mehr, der mir die Droge hätte verkaufen können, auch wenn ich einen noch so hohen Preis dafür gezahlt hätte. Die Todesanzeige hat mir seine Frau geschickt, ich habe sie nie gesehen, aber ich habe mir vorgestellt, welche Genugtuung es für sie gewesen sein musste, sie mir zukommen zu lassen. Und so wollte ich, wie es jetzt in allen Zeitschriften empfohlen wird, die ›Hilfe eines Spezialisten‹ in Anspruch nehmen. Stattdessen spiele ich hier Versuchskaninchen für den jungen Burschen, der dich zu mir gebracht hat, damit du einer alten Frau in einem Seidenkleid zuhörst.«

2

Sie lachte glockenklar, sorglos, und ich hatte den großen Wunsch, eine Reise dorthin auf die andere Seite zu machen, in die Welt, aus der man die Geister der Toten holt, damit sie mit den Lebenden sprechen. Zum ersten Mal in meinem Leben begriff ich, warum Tausende Menschen in Brasilien spiritistische Zentren aufsuchten, um längst Verstorbene zu finden. Mir war das immer morbid vorgekommen. Ich erklärte meinen Freundinnen, die große Augen machten, weil sie gerade mit ihren toten Großmüttern gesprochen hatten, dass sie sie in Ruhe lassen sollten, dass sie nicht stark genug wären, um ungestraft mit so etwas herumzuspielen. Allerdings habe ich mir selbst nie die Mühe gemacht, selber auszuprobieren, was ich so vehement kritisierte. Nun wäre ich möglicherweise in der Lage, mich mit irgendeinem »Medium« zu verbinden, und wir könnten für

Maruška Jaromír herbeirufen. Nach all den Monaten, die ich sie nun kannte, wünschte ich mir das immer stärker, ich borgte mir sogar ein paar Schriften des französischen Spiritisten Alan Cardec aus, die in allen Busbahnhöfen von Rio bis nach Porto Alegre verkauft wurden. Ich meldete mich auch für den Kurs »Spiritist per Internet« an. Bloß kapiert habe ich nichts, und wenn diese Schriften in Chinesisch gewesen wären, wäre es auf dasselbe hinausgelaufen. Ein Medium kannte ich nicht, und das alles führte einfach zu nichts. Maruška hätte sowieso nicht daran geglaubt. Aber geholfen hätte es vielleicht doch. Jaromír war schließlich für sie ein Geist gewesen, der ihr fünfzig Jahre lang Briefe geschrieben hatte, und wenn sie nun miteinander gesprochen hätten, wäre das gar kein so großer Unterschied gewesen. Ich schlug mich ziemlich lange damit herum, sogar Blauauge erzählte ich davon, aber der lachte nur und zog mich ungefähr eine Woche damit auf. Es war nicht zu übersehen, dass Maruška trotz meines Zuhörens und Redens weiter abbaute, trotz der Antidepressiva und der liebevollen Betreuung durch das Opium, das sie sich über ein paar Hippies besorgte, die von der letzten Erntearbeit in ihren Ferien aus Spanien zurückgekommen waren. Ich musste zugeben, dass sie über hervorragende Connections verfügte. Aber es änderte sich nichts.

Ich besuchte sie in einer Altbauwohnung in Žižkov. Sie war fast leer und entsprach überhaupt nicht den Vorstellungen, die man von Wohnungen alter Frauen mit krummem Rücken hat, die den Krieg mitgemacht hatten, auf einstige Geliebte warteten und in schlaflosen Nächten Opiumpfeifen rauchten. Ich liebte die kühlen, blau-gelb gestrichenen Räume, in denen brasilianische Steine aus Minas Gerais mit Sicherheit genau nach Jaromírs brieflichen Anweisungen planvoll verteilt waren und kühle Metallstühle sowie ein großer Tisch mit einer Marmorplatte standen. Im mondänen Badezimmer mit den rot-weißen Fliesen thronte eine Porzellanbadewanne. Wir saßen nebeneinander auf der großen grünen Ledercouch, rauchten, und bei jedem Besuch erwartete mich ein weiterer Brief von Jaromír. Ich setzte die Geschichte der beiden auf einer Zeitachse übersichtlich zusammen und wurde das Gefühl nicht los, dass Jaromír Maruška sein ganzes Leben lang beobachtet hatte wie einen seltenen Käfer, dem er sich nicht nähern durfte, um ihn nicht zu töten. Seine Briefe waren verdächtig gut informiert, wie Maruška lebte und was sie tat, auch wenn sie behauptete, viele dieser Dinge in ihren Briefen nie erwähnt zu haben. Es sah so aus, als hätte er in seinem Kopf eine amtlich präzise Akte über sie angelegt, die irgendwer sorgfältig immer weiter ergänzte. Maruška hatte vieles nicht gewusst, sie hatte sich den Kopf darüber zerbrochen und deswegen nicht schlafen können, und deshalb konnte sie den Briefwechsel mit ihm nie aufgeben, denn er bedeutete die ständige Präsenz eines Geheimnisses, das Versprechen, dass dieser gut informierte Fremde eines Tages vor ihrer Tür stehen würde, um sie aus der grauen, zähen Misere des Kommunismus zu befreien.

Wir redeten miteinander, aber oft war es nicht jenes farbenfrohe Jonglieren mit Lauten und dem gegenseitigen Vertrauen auf die Macht der Sprache. Wir sprachen über die Last der Welt und über Bücher, die so düster waren wie eine Nacht voller Smog, die ich zu Hause immer unter der Bettdecke gelesen hatte, wenn ich in meiner Pubertät jemanden zu sehr geliebt hatte. Wir fingen auch an, ins Kino zu gehen, in die Vormittagsvorstellungen im Světozor, und obwohl Blauauge behauptete, dass sich ihr Zustand nach wie vor nicht bessere und dass ein Rückfall in eine schwere Depression drohe, sagte mir irgendetwas in meinem Inneren, dass auf der anderen Seite aller Dinge für Maruška die Hoffnung tickte; und wollte ich auf dieser Welt zu irgendetwas gut sein, dann musste ich dieses Ticken auch für sie ausfindig machen.

3

Eines Nachmittags, sie machte sich gerade für die Klinik zur Kontrolluntersuchung fertig, läutete es an ihrer Tür. Draußen stand eine kleine Frau in einem blauen Faltenrock und einer grauen Bluse mit Druckknöpfen. »Bom día«, sagte sie auf Portugiesisch, ein schüchternes Lächeln auf dem runzligen Gesicht, und Maruška musste zum Telefonhörer greifen und mich anrufen, damit ich dolmetschen kam.

»Den letzten habe ich Ihnen nicht geschickt. Nur Yaromirs Todesanzeige müsste angekommen sein. Den letzten habe ich noch aus seiner Aktentasche herausgekramt, weil er mich nicht mehr daran hindern konnte. Vielleicht wollte er ihn auch gar nicht abschicken, er hätte es ja tun können, bevor er sich umgebracht hat, seltsam, dass ein so pedantischer Mensch wie er einen solchen Brief einfach so zusammengefaltet in seiner Aktentasche stecken lässt. Ich nahm das als Nachricht von ihm – nicht als sein Lebewohl von Ihnen, Maruška, sondern von mir. Vielleicht wollte er mir damit sagen, dass es ihm nicht so wichtig war, sich von Ihnen zu verabschieden wie von mir.«

Sie rauchte eine kleine Porzellanpfeife, die ihr Jaromír von irgendwo aus China mitgebracht hatte. Sie hielt sie in ihrer zarten, vertrockneten Hand mit den hervortretenden blauen Äderchen, die zusammen mit den gelblichen Hautflecken geheimnisvolle Muster bildeten. Maruška musste laut lachen, als die Frau mit dem Faltenrock die exotische Pfeife herausholte. Sie brachte ihre eigene an, genau die gleiche. Sie war eines Tages in Zeitungspapier verpackt in einer Keksdose eingetroffen.

Die Unbekannte hieß Luiza. Luiza Miller Cerna. Sie hatte braune, ernste Augen, und ihr silbergraues Haar mit der rauchblauen Tönung war kurz geschnitten und nach der neuesten Mode zerzaust. Sie sah aus wie fünfzig, obwohl sie um die siebzig sein musste, etwa zehn Jahre jünger als Maruška. Sie hatte tiefe Falten um den Mund herum und auf der Stirn, aber sie strahlte einen ganz besonderen Eigensinn aus, der das Wirken der Kräfte, mit denen das Alter die Menschen beschickte, in Schach hielt. Im Unterschied zu der ätherisch-ruhigen Maruška wirkte sie wie ein kleiner Kernreaktor, ein unerschöpfliches Energiereservoir. »Ich bin gekommen, weil ich weiß, dass Sie hier in Prag allein sind, der Kommunismus ist vorbei und Yaromir ist tot. Jahrelang haben wir still und über riesige Entfernungen miteinander gekämpft, nie haben wir uns gesehen, und jetzt habe ich genug davon. Ich habe mir gesagt: Wir müssen uns irgendwie ähnlich sein, wo er uns doch beide geliebt hat. Ich wollte Sie eben einfach sehen. Ich wollte Sie berühren, mich im Spiegel Ihrer Augen erblicken.« Sie sprach sehr poetisch, mit starkem deutschem Akzent. Sie war sicher die Tochter gut situierter deutscher Einwanderer, die in São Paulo viele profitable Unternehmen führten.

Ich saß mit Lena, die ich vor einer Weile auch mit Maruška bekannt gemacht hatte, auf der Couch, und wir dolmetschten, bis uns die Köpfe rauchten. Uns beide regte diese Geschichte genauso auf wie ihre beiden Heldinnen, und wir bemühten uns, nichts zu verdrehen oder wegzulassen, wir fühlten uns wie eine Brücke, über die zwei alte Frauen die Bürde ihrer Vergangenheit und die Seele eines toten Mannes hinübertrugen. Wir waren Bestandteil des Medikaments, das vom Ende eines langen, schleichenden Schmerzes kündete.

Die beste Partie

(Lena)

Ich habe mir lange vorgestellt, jemanden richtig kennen zu lernen. Lange ging ich auf alle möglichen Partys, zu Grillabenden und zu der Tankstelle in dem Städtchen unweit der Farm, wo sich die jungen Leute trafen. Heiße, tropische Abende und die Luft voller schwerer Käfer, die mit ihren Flügeln brummten, gegen Lampen flogen und gegen meinen Kopf und sich tief in meine Unsicherheit bohrten.

Es war umständlich, in die Stadt zu kommen, und eigentlich schwer zu sagen, ob das überhaupt eine Stadt war oder nur der Versuch, eine zu sein. Mit den paar Geschäften, den zwei Pizzerien und dem einen Restaurant, in dem ausschließlich Grillfleisch serviert wurde, ließ sich allerdings eher von etwas mehr als einem Dorf sprechen. Normalerweise ritt ich dorthin, weil ich den Jeep meiner Mutter bei Weitem nicht so gut im Griff hatte wie meine

Pferde. Außerdem saß ich auf dem Rückweg nicht gern betrunken am Steuer, obwohl auf den schlammigen Wegen zur Farm abends sowieso niemand unterwegs war. Wenn ich mich aber erst einmal auf Johnys Rücken hinaufgearbeitet hatte, brachte er mich immer sicher nach Hause, auch wenn ich ein paar Caipirinhas intus hatte und meine zwei Bier, die ich normalerweise zum Auftakt trank. Auf dem Pferd an der Tankstelle aufzutauchen, wo es eine Bar gab, war nichts Besonderes, in rührender Eintracht standen dort immer die silbernen Farmerjeeps neben ein paar kleineren, gedrungenen Pferden herum. Auch Roberto kam hoch zu Ross, obwohl er nie Alkohol trank, sondern immer nur diesen exzentrischen Cupuaçu-Saft, der aus dem Norden angeliefert wurde. Seine Abstinenz war in unserer Gegend noch ausgefallener als sein langes schwarzes Haar, das er unter dem Cowboyhut zusammengenommen hatte wie ein japanischer Samurai, als seine zusammengekniffenen braun-grünen Augen und die viel zu große Nase, die an einen grausamen Adlerschnabel erinnerte. Er trug sie mit solchem Stolz, dass keiner einen Zweifel daran hegte, dass ebendiese Nase die Krönung seines exzentrischen Zaubers darstellte.

Seine prinzipielle Abstinenz begründete Roberto damit, dass sein Vater, einst reicher Besitzer von Tausenden Hektar Grund im Urwald, gleichzeitig ein leidenschaftlicher Schnapsbrenner war und alle möglichen Destillate fabrizierte. Einmal ertappte ihn Robertos Mutter dabei, wie er gerade wieder etwas brannte und anschließend dem Zuckerrohrschnaps ausgiebig zusprach, und sie bestand darauf, dass er in eine kleine Hütte in der hintersten Ecke des Grundstücks umzog, wo es rein gar nichts gab. Trotzdem bastelte sich sein Vater heimlich wieder einen Destillierapparat und statt Zuckerrohr verarbeitete er jetzt Mangos. Und weil seine Mutter bei ihren Einkäufen in der Hauptstadt aufgehalten wurde, trank er sich mit Hilfe seiner neuen Mango-Entdeckung zu Tode. Dem kleinen Roberto blieb das alles tief im Gedächtnis haften. Er trank nicht, dafür rauchte er viel, aber nicht den schwarzen und stinkigen intensiven Tabak wie seine kerligen Angestellten und die anderen Farmer. Er kaufte sich in den großen Städten, wo er ab und an geschäftlich zu tun hatte, immer gleich ganze Stangen schneeweißer schlanker Damenzigaretten. Er behauptete, dies sei eine Erinnerung an seine Mutter, die nicht mehr lebte, aber an die er sich viel besser erinnern konnte als an seinen Trinkervater.

Roberto. Das grüne Hemd passte gut zu seinen Augen, die schwarze Jeans zu seinen Haaren. Die Nase zur Größe seines Hinterns. Roberto hatte einen gewaltigen Arsch, wie eine Mulattin. Einen weit oben sitzenden Po in schwarzen Jeans. Man konnte nicht behaupten, dass er schön war. Man konnte auch nicht behaupten, dass ihn Jede haben wollte, die ihn ansah. Allerdings konnte man sehr wohl behaupten, dass ihn alle haben wollten, auch die, denen sein Hintern und seine Nase nicht gefielen, weil er 10 000 Hektar Weideland besaß, edle weiße Zuchtstiere, eine Kolonie von Arbeiterunterkünften, die er vermietete, und eine ertragreiche Schnapsbrennerei, in der er nach Vaters Rezept Cachaça herstellte. Ob dies eine zu Beginn des einundzwanzigsten Jahrhunderts allzu angeschmuddelte Vorstellung von den Werten eines Mannes war, weiß ich nicht. Was ich aber weiß, ist, dass man am Rande der Wildnis, in einem Landstrich, wo sich Auftragsmörder aus der Stadt auf Farmen verstecken, wo zwar Internet und Telenovelas angekommen waren, nicht aber Polizisten und Ärzte, sagen konnte, dass Roberto eine bombige Partie war.

Als ich vor zehn Jahren mit meiner Mutter aus São Paulo hierher gekommen bin, um unseren Traum zu verwirklichen und Großvaters Farm zu retten, fuhren wir wie alle Farmer ins Städtchen einkaufen: Impfstoffe für die Kühe, Trockenfutter für die Hunde, Lederhosen und Hüte. Wir tankten den Jeep an der Tankstelle voll, wo es eine Bar gab, und einmal sah ich dort ein Plakat hängen, auf dem stand, dass dort am Abend eine Dorfband spielen würde. Meine Mutter borgte mir ein zuverlässiges Pferd, und weil sie sich noch gut an meine Partys in Paulo erinnern konnte, sagte sie nur: »Dass du mir ja spätestens in drei Tagen zu Hause bist! Ich schufte hier nicht alleine.«

Und dann stand dort Roberto, unschön breitbeinig neben einem kreischigen Mädchen, das dauernd herumschrie, damit sie alle hören konnten: »Das ist ja super, absolut toll, Roberto, also okay, super!«

Mir wurde klar, dass ich das nicht aushalte, dass ich hier überhaupt nichts aushalte. Ich trank etwas, lernte Hinterwäldler und ihre Freundinnen kennen, und als der Cowboy mit dem großen Hintern und dem Samuraizopf zu mir herüberschaute, erwiderte ich seinen Blick. Roberto hörte sich gelangweilt die brasilianischen süßlichen Country-Parodien an und sagte dann wie nebenbei zu seiner Begleitung: »Also fahren wir zu mir; auf der Farm kriegst du noch warme Milch zum Frühstück, Kleine.« Als sie weg waren, wurde mir bewusst, dass von ihm neben der Tankstelle nur trostlose Leere zurückgeblieben war.

Ich fuhr dann regelmäßig zu der Tankstelle und kehrte

auch regelmäßig wieder heim, was meiner Mutter sehr gefiel. Zwar spukte es in ihrem Kopf herum, dass ich bei keinem Kerl über Nacht blieb oder jemanden mit auf die Farm brachte, aber ich konnte ihr schließlich nicht erzählen, dass ich mich in Roberto verguckt hatte. Dass er mit Jeder ins Bett stieg, war ein offenes Geheimnis. Es war direkt zu einem allgemeinen Wettbewerb geworden, der ausgerufen worden war, als Roberto die Farm geerbt hatte. Meine Mutter musste nicht wissen, dass ich ebenfalls auf der Teilnehmerliste stand.

Die Entscheidung

(Maruška)

Als ich mich entschieden hatte, Jaromír nicht zu folgen, war ich ungefähr zwei Monate guter Dinge. Ich schwelgte in meiner Entschlusskraft und in der Tatsache, dass ich zum zweiten Mal und viel erwachsener alles Für und Wider abgewogen hatte. Jaromír war längst ein Fremder geworden, wer weiß, was er im Krieg und in Amerika alles erlebt, wie vielen Frauen er den Kopf verdreht hatte. Ich hatte meine Stelle im Außenministerium, die ich dank meiner guten Französisch- und Englischkenntnisse bekommen hatte. Sprachen hatte ich immer geliebt, sie lagen mir einfach, und so hatte ich gleich nach dem Krieg in einem Abendkurs Russisch gelernt. Jaromír hatte richtig getippt, ich machte mir schon längst nicht mehr diese schwarzen und etwas zu dicken Zöpfe, meine Prager Friseurin hatte mir einen schicken Pagenkopf verpasst, der mich jeden Morgen fünfzehn Minuten ziependes Kämmen extra kostete. Nach dem Umsturz vom Februar 1948 war plötzlich alles anders. Die Kommunisten machten sich überall in Prag breit, sie machten sich wichtig und verbreiteten Angst und Schrecken. Zum Glück hatte ich bis auf ein paar Freundinnen aus der Arbeit keine Bekannten, ich lebte in einer winzigen Kellerwohnung zur Miete und ging immer pünktlich zur Arbeit, erfüllte gewissenhaft meine Pflichten und verschwand wieder nach Hause, wo ich Russisch lernte, stickte oder Romane las. Es war klar, dass Jaromír wieder einmal Recht behalten hatte. All meine ach so erwachsenen Entscheidungen waren auf einmal hinfällig. Ich war ein feiges, dummes Mädchen, das sich, statt auf ihn zu hören und mit dem großen Dampfer aufzubrechen, um diesen Fremden zu treffen, der so viel durchgemacht hatte, in ihrem Land in eine dunkle Ecke verkrochen hat, in dem allem Anschein nach nichts jemals so sein würde, wie es sein sollte.

Dann kam wieder ein Brief. Diesmal überbrachte ihn mir nicht mein Onkel, sondern ich fand ihn unfrankiert in meinem Briefkasten, wo ihn jemand unauffällig eingeworfen haben musste. Alles, einfach alles im Land schien Kopf zu stehen, eine neue Ordnung hielt Einzug, die Lautsprecher auf den Plätzen skandierten Parolen. Und ich hielt einen weißen Umschlag in der Hand, und irgendetwas sagte mir, dass ich Angst haben sollte.

São Paulo, Januar 1949

Allerliebste Maruška,
Dein Brief ist wohlbehalten an der angegebenen Adresse angekommen. Es stimmt, viel Freude hat er mir

nicht bereitet. Mit wehem Herzen bin ich am Ufer des Flusses entlang geirrt, hier in São Paulo, wohin ich von der Hafenkolonie Santos aus weitergereist bin. Du schreibst, Du hättest Befürchtungen und würdest nicht kommen wollen, um nicht feststellen zu müssen, dass ich mich allzu sehr verändert habe und Dir inzwischen völlig fremd geworden bin. Ich weiß nicht, was ich darauf antworten soll. Ob ich Dir fremd geworden bin oder mir selbst? Ich weiß nicht, ob das, was ich im Krieg erlebt habe und worüber ich in diesem Brief nicht schreiben möchte, eine Rolle dabei spielt, dass ich mich verändert habe. Vermutlich schon, vermutlich habe ich mich verändert, und falls Du befürchtest, dass diese Veränderung unausweichlich und für Dich unerträglich ist, kann ich nichts tun. Du hast mir allerdings schwere, trübe Gedanken beschert, schon lange bin ich nicht mehr so sehr in mich gegangen wie nach Deinem Brief. Ich habe versucht, diese Veränderungen zu erkennen, von denen Du schreibst und mit denen Du Deine unumstößliche Entscheidung begründest. Gewiss, ich bin nicht mehr der Bursche, der den Wald beobachtet hat, der mit Dir spazieren gegangen ist und Dich in sorgfältig ausgewählten Heuschobern geliebt hat.

Ich habe immer nach einem anderen Leben gesucht, als es die hatten, die ich kannte. Früh, schon auf dem Gymnasium, habe ich an mir bemerkt, dass ich nicht glücklich war, wenn ich dasselbe tat wie alle Anderen auch, wenn ich dachte wie die Anderen oder wenn ich Teil der Zufriedenheit Anderer war. Dieses Gefühl verfolgt mich seit meinen Jugendtagen, und in Amerika ist es nun vollkommen unabweisbar geworden. In dem Land, wo ein gewisses eigenartiges, kollektives Glück allgegenwärtig ist, dessen Biederkeit mich unablässig zwingt, mich dagegen aufzulehnen. In diesem Punkt habe ich mich nun kein bisschen verändert. Gewiss wirst Du mich, und zwar mit gutem Recht, fragen, warum ich Dich, meine Teuerste, jetzt zu mir rufe, um hier ein solches Glück und einen soliden Haushalt zu begründen. Das liegt daran, dass alles in diesem Land neu ist, nichts ist hier erprobt, es gibt jede Menge weißer Flecken auf der Landkarte, viele Klimazonen in einem einzigen Land, viele Rätsel, und die Menschen hier unterscheiden sich von allen, die ich je irgendwo auf der Welt getroffen habe. Sie leiden nicht an rassistischen Vorurteilen, sie sind freundlich, doch steckt in ihnen die Wildheit der primitiven Völker, der Indianer und Neger, alles vermischt sich hier und gärt, aber ganz anders als im angelsächsisch geführten Nordamerika. Hier steckt in allem mehr Leidenschaft, wenn Du so willst. Mehr Anarchie und Chaos, mehr Missstände und Täuschungen, aber auch mehr Leben. Ich weiß, dass es Dir hier gefallen würde. Ich habe Dich gut gekannt, und ich vermute – und bitte sei jetzt nicht beleidigt –, dass Du dort bei Dir zu Hause wie ein seltener Vogel in einem Käfig bist. Du hast früher mit solcher Begeisterung Frič' Romane für junge Burschen gelesen, und schon damals habe ich geahnt, dass Du Dich danach sehnst, Dich irgendwie hineinzufühlen, sie auch anders zu durchleben, nicht nur als eifrige Leserin.

Ich weiß, dass Du mir im geheimsten Winkel Deines Herzens Recht geben wirst, aber ich kann Dich nicht

länger drängen und habe auch nicht das Recht dazu. So wie ich Dich auch vor dem Krieg nicht gedrängt habe. Vielleicht hätte ich es tun sollen, aber es hat noch nie viel Zweck gehabt, etwas erzwingen zu wollen. Der Mensch ist allein in seinen Entscheidungen frei, allein in denen, die er selber trifft, von niemandem gezwungen und nach sorgfältigem Abwägen, allein dort zeigt sich unser wirkliches Mensch-Sein. Ja, vielleicht ist das viel zu pathetisch gesagt. Ich kann mich nicht mehr erinnern, ob ich es in einem schlauen Buch gelesen habe oder auf dem Schiff oder bei den Indianern im Urwald aufgeschnappt, wo ich gelegentlich mit Freunden Expeditionen unternehme. Auch Jan Antonín Baťa und seine Leute von den Schuhfabriken sind hier, bestimmt kennst du ihre vertrackte Geschichte. Er gründet hier kleine Siedlungen, damit dort Viehzucht und Landwirtschaft betrieben werden können. Er rodet den wunderschönen Urwald mit der gleichen Begeisterung wie damals, als er in Mähren mit seinem Stiefbruder Tomáš die Stadt Zlín erbaut hat. Nun, er hat sich kein bisschen verändert, immer noch dieser Gründer-Enthusiasmus. Ich kann dem nichts abgewinnen. Ganz im Gegenteil, ich bin überhaupt nicht begeistert, dass sie immer tiefer in diese grünen Geheimnisse eindringen, aber zumindest schließe ich mich ihnen gelegentlich an, um Pflanzen zu dokumentieren und zu zeichnen, große Süßwasserfische zu angeln, mit Indianern in Kontakt zu kommen und – ich kann Dein schelmisches Lächeln jetzt förmlich sehen! –, jawohl, um dem berühmten Frič selber ein bisschen nachzueifern.
Die ursprüngliche, primitive Welt hier verschwindet

also unwiderruflich und wird durch etwas Neues, bisher Unbekanntes ersetzt, das mich sehr interessiert und fasziniert. Es tut mir leid um die verschwindende Welt, die hier über Jahrtausende bestanden hat, aber gleichzeitig verbeuge ich mich auch vor der Geburt des Neuen, das hier überall vor sich geht und an dem ich teilhaben kann, und ich wünsche mir von ganzem Herzen, dass Du das alles mit mir erleben würdest. Ich weiß aber bereits aus Deinem Brief, dass dies nicht möglich sein wird. Ich achte Deine Entscheidung. Erlaube mir nur, dass ich weiterhin mit Dir in Verbindung bleiben kann, um mich in der fernen Fremde an meine Jugend, mein Zuhause und den Geruch des Heus erinnern zu können.

Für immer Dein Jaromír

Lügen

(Jaromír)

Erinnerungen, die an Orten eingefangen wurden, wo die Zeit nicht existiert

1

Ich habe den Brief abgeschickt und mich zum ersten Mal richtig schlecht gefühlt. Maruška war gewiss meine erste Liebe gewesen, meine erste selbstständige und von Erfolg gekrönte Aktion, weil uns nie jemand in peinlichen Situationen entdeckt hat und weil ich sie wirklich geliebt habe. An diesem Fall aus früher Jugend erkannte ich allerdings, dass ich kein guter Ehemann sein würde, kein guter Vater, ja nicht einmal ein guter Freund. Ich versuchte zwar, sie zur Reise nach Amerika zu überreden, doch obwohl ich wusste, dass ihr und ihrer jüdischen Familie ähnliche Gefahr drohte wie meiner, habe ich in Wahrheit nicht besonders lange und mit wenig Nachdruck auf sie eingewirkt. Ich ahnte, dass sie nicht fahren will, dass sich ihre etwas konventionelle Seele nicht so plötzlich von ihren Eltern und allem, was ihr vertraut war, lösen konnte. Ich habe Europa den Rücken gekehrt und erst in Amerika richtig erkannt, was ihr drohte und was der Krieg unweigerlich mit sich bringen würde. Schließlich hat sie ihr Onkel gerettet, ein Bauer in einem Dorf an der Grenze, der sie sich als Magd auf seinen Hof holte, und dort überlebte sie mit falschen Papieren, die ihn zwei Kühe und ein Kalb gekostet hatten, den Krieg. Ich habe das rein zufällig erfahren, als ich ins Kriegsgetümmel zurückkehrte, bereits als amerikanischer Agent, den man angeworben hatte, weil er die Sprache beherrschte, die Umgebung kannte und ganz andere Lebenspläne im Kopf hatte als die meisten seiner Altersgenossen. Es ist mir nie schwer gefallen, unauffällig zu wirken, ohne mich anstrengen zu müssen, und je unauffälliger und mausgrauer meine Äußeres war, umso exzentrischere Gefühle und Gedanken schwirrten mir im Kopf herum. Ich träumte von Heldentum, Ruhm, den Geheimnissen der Zeit und von Funkwellen, ich liebte Berge und Landkarten, und als ich mit meinen Eltern wie die Ölsardinen in der zweiten Klasse auf dem Schiff hockte, kam ich mir vor wie Kolumbus oder Francisco Pizarro.

Ich war nie irgendwelchen Idealen verpflichtet. Es stimmt, im Krieg war es viel leichter herauszufinden, wo das Böse und wo das Gute war, doch wollte ich weder dem einen noch dem anderen dienen. Ich wollte meinen Drang ausleben, anders zu sein, von dem ich besessen war, seit ich als Knabe auf dem Hof des grau gestrichenen Gymnasiums stand, als wir alle wie ein Mann in Reih und Glied die Brust herausreckten und alle die gleichen kurzen Hosen des Sokol-Turnvereins und weiße Leibchen trugen. Damals schüttelte es mich – nicht vor Kälte, obwohl wir Ende November hatten und feiner Nieselregen fiel. Mich packte das Grauen, wie wir dort alle dem Lehrer mit seiner Trillerpfeife ausgeliefert waren, alle in dem gleichen schmachvollen Aufzug, und man verlangte von uns, dass wir sämtliche unerwünschte Energie, die für unser Alter so schädlich war, aus unseren heranreifenden Körpern austrieben.

Damals kamen mir zwei Dinge in den Sinn. Zunächst spielte ich mit dem Gedanken, dem Lehrer die Trillerpfeife zu entreißen, das Symbol seiner erbärmlichen Macht, einen gellenden Pfiff auszustoßen und uns alle zu befreien. Doch dann wurde mir klar, dass diese Befreiung nur der Beginn einer noch größeren Unfreiheit gewesen wäre, dass ich für meine anfangs heldenhafte Tat nicht allein büßen würde, sondern mit mir die zwanzig anderen Jungs, bei denen der gedemütigte Pädagoge gewiss nicht auf weitere quälende Strafrunden um den Hof herum verzichtet hätte. Ich griff also zu dem Trick, eine Befreiung vom Körpererziehungsunterricht zu beantragen. Ich fälschte ein ärztliches Attest, und statt mir die rote Turnhose überzustreifen, ging ich dem greisen Professor Jandl im Erdkundekabinett zur Hand. Jandl begriff nicht nur sehr schnell, warum ich mich der kollektiven Körperveredlung entzogen hatte, sondern er begann mich auch als seinen Vertrauten zu sehen, dem er sein Wissen eintrichterte, das außer mir niemanden im gesamten Gymnasium interessierte. Wir verbrachten viele Stunden über Landkarten. Seine Leidenschaft war Lateinamerika, wo er immer liebend gern hinwollte, aber immer standen ihm dabei sein kleines Gehalt, seine Kinder und seine Frau im Wege. Seine Geschichten über alte Landkarten gefielen mir, und erst später begriff ich, dass er mir Vorlesungen über historische Kartografie gehalten hatte und in mir etwas entdeckt haben musste, wozu er selbst nie den Mut gefunden hatte. Jandl wusste, dass ich eines Tages über die Wasser des Amazonas fahren würde, dass ich die großen bunten Schmetterlinge sehen würde, die sich im Morgennebel auf grauen Steinen niederlassen, und dass ich Angst haben würde, aus der wackligen Nussschale der Eingeborenen ins Wasser zu fallen und von Krokodilen gefressen zu werden. Er wünschte sich nichts sehnlicher, als mit mir auf diese künftigen Expeditionen zu gehen, doch um ihn glücklich zu machen, reichte ihm auch schon meine Begeisterung.

2

Als ich zwei Jahre später aus Amerika nach Hause zurückkehrte, musste ich mich nicht mehr mit meinen Eltern auf einer schäbigen Pritsche zusammenquetschen, nicht mehr vor Angst zittern, dass uns die Einwanderungsbeamten nicht ins Land unserer Träume hineinlassen würden. Mir war klar, dass ich endlich ich selber werden würde, und zum ersten Mal begann ich vage zu begreifen, was man uns mit Hilfe von Trillerpfeifen und roten Turnhosen einzubläuen versucht hatte. Und Masaryk hätte mir bestimmt von den Bildern in den Klassenzimmern herab zugenickt. In Amerika verschlang ich auch die Geschichten über die

Spionagekarriere des eleganten Emanuel Voska, den die meisten meiner Landsleute kannten oder von dem sie sich zumindest die fantastischsten Dinge erzählten. Ja, mag sein, dass ich nicht mehr Kolumbus oder Pizarro sein wollte, sondern lieber Emanuel Voska.

All dies ging mir im Kopf herum, als ich mir die Grundlagen des schnellen Bauens von Funkanlagen ins Gedächtnis rief, als ich mein Gedächtnis trainierte, indem ich englische Phrasen büffelte und mein Deutsch auffrischte, das ich in diesen zwei Jahren schon ein bisschen vergessen hatte. Ich sollte als Schleuser und Kurier beginnen, und falls mir keine Fehler unterlaufen würden, sollte ich danach weitere Befehle bekommen, anhand moderner Handbücher eine Funkanlage errichten und versuchen, tschechischen Funkern beizubringen, wie sie schnell zu installieren sei.

Ich war von diesen Plänen wie berauscht, aber ich machte mir auch nichts vor. Ich hatte mich selbst nie in Grenzsituationen erlebt, ich wusste nicht, ob ich nicht vielleicht Angst bekäme und auf den letzten Drücker feststellen müsste, dass ich ein Feigling war. Ich brachte dauernd die Chiffrier- und Dekodiermethoden durcheinander, die ich in meinem »Schnellkurs« offenbar nicht ordentlich resorbiert hatte. In der Innentasche meines Sakkos trug ich eine Zyankali-Kapsel. Eine dünnwandige, etwa drei Zentimeter lange Essenz des Todes. Noch bevor ich aufbrach, ließ ich mir dafür ein von innen ausgesteiftes Lederfutteral anfertigen. Und nun versuchte ich mit aller Kraft zu vergessen, dass sich der Tod so ungestraft in meiner Tasche breit machen konnte.

Gleichzeitig freute ich mich auf zu Hause, ich stellte mir vor, dass ich wieder über die vertrauten und geliebten

Hügel gehen würde und vielleicht irgendeine Sache wirklich weiterbringen könnte. Jedenfalls hatte ich auch einen Vorschuss bekommen, mit dem meine Eltern die erste Rate für das amerikanische Klinkerhäuschen bezahlen konnten, das wir bis dahin nur gemietet hatten. Ich ging in Südfrankreich von Bord und fuhr mit dem Zug weiter in die Tschechoslowakei. Ich war von der langen Reise nicht etwa müde; intensiv nahm ich den vertrauten, fast schon vergessenen Herbstgeruch nach moderndem Laub und abgestandenem Wasser in den Kanälen wahr, und auf all dem lagen kalte graue Schatten.

Der Verbindungsmann wartete in Weißwasser, die polnische Grenze war nicht weit. Die Baumstämme wirkten im Vorabendnebel ratlos. Ich war überrascht, dass es ein älterer korpulenter Sudetendeutscher war, der am Bahnhof auf mich wartete. Einen Moment zögerte ich, überlegte, ob das vielleicht ein Lockvogel war, aber es schien mir unmöglich, gleich beim ersten Versuch zu versagen. Der Mann hatte die vereinbarte Art von Aktentasche dabei, und an seinem Mantel fehlten zwei der Hornknöpfe. Er wirkte weder nervös noch allzu entspannt. Ich wusste, dass es jetzt unmöglich war, nur meinen Verstand einzuschalten. In der Ausbildung hatten sie uns beigebracht, bei jeder Entscheidung erst einmal auf den ersten, instinktiven Eindruck zu setzen und dann mit dem Verstand zu analysieren, ob er korrekt sein konnte. Bloß bin ich der Typ, der sich lieber auf gründliche Analysen verlassen und die Instinkte sicherheitshalber lieber völlig ausschließen würde. Ich versuchte, über meinen ersten Eindruck nachzudenken, der mir nahe legte, die Beine in die Hand zu nehmen. Eine Weile beobachtete ich die Bewegungen des Mannes und wusste auf einmal, dass alles in Ordnung war. Ich schwang mich auf die heranrollende Welle eiskalter Ruhe. Das gleiche Gefühl erlebte ich, wenn ich in den Bergen über einen schmalen Steg zwischen zwei Granitklippen balancierte. Ich betrat sie bloß, wenn diese eiskalte ruhige Welle angerollt kam und mich überspülte, und dann achtete ich nur noch darauf, wohin ich meine Füße setzte.

3

Ich hatte meine Entscheidung getroffen und nickte dem pummeligen Herrn zu. Wir waren allein auf dem Bahnhof, kein Zug weit und breit, und so setzten wir uns ins warme Tosen einer üblen Spelunke in der Nähe. Mich umfing der vertraute Dunst von Wirtshausgeschwätz, die Männer tranken Bier und billigen Rum aus Vorkriegszeiten. In Amerika hatte ich fast vergessen, wie riesig ihre Holzfällerpranken waren und wie sie ihre Bierkrüge auf den Tisch knallen konnten. Der Mann beschrieb mir die Ingenieure, die ich unbemerkt bis zur Grenze bringen sollte, wo sie der nächste Schleuser übernehmen würde. Er wusste nicht, wer das sein würde, er konnte mir nur sagen, was als Parole vereinbart war. Ich zahlte, wir trennten uns, und der Mann stieg in die Lokalbahn nach Freiwaldau. Ich mischte mich unter die ausgestiegenen Arbeiter und machte mich in fast völliger Dunkelheit auf den Weg zu der Weggabelung im Wald, wo zwei Männer auf mich warteten. Sie entsprachen der Beschreibung und rezitierten fehlerfrei den ersten Vers von Karel Jaromír Erbens »Geisterbraut«. Beim Gehen verließ ich mich fast ausschließlich auf mein Gedächtnis, so viele Male war ich früher hier herumgestromert, weil mich diese

Ecke geradezu magisch anzog, und vielleicht habe ich mir schon damals unbewusst meine eigene Zukunft eingeprägt. Zügig gingen wir fast wortlos über mehrere langwierige, allerdings sicherere Umwege. Nach ein paar Stunden erreichten wir ein halb niedergerissenes Gebäude mit bröckelndem weißem Putz. Es lag an einem steilen Hang und war von ein paar alten Apfelbäumen umgeben, die langsam verdorrten. Wir übernachteten in einem muffigen Keller, und in der Morgendämmerung wurden die beiden wortkargen Chemiker von einer älteren Frau in Lumpen abgeholt, die aussah wie eine geisteskranke, umherstreifende Bettlerin. Zur Abwechslung sagte sie etwas von Neruda auf.

Vor mir lag jetzt eine unbekannte Zeit, ich wusste nicht, wann mich jemand kontaktieren und mir einen neuen Auftrag geben würde, es könnte in zwei Tagen oder schon in einer halben Stunde so weit sein. Auf jeden Fall sollte ich mich im Wald verstecken, das Gebäude beobachten und abwarten. Stattdessen legte ich mich ins vergilbte Herbstgras, das unter den Apfelbäumen überraschend dicht war. Ich musste mich übergeben und zitterte vor Kälte und Angst, die ich die ganze Nacht unterdrückt hatte, um mich auf den Weg konzentrieren zu können. Es kam mir so vor, als könne nichts gut ausgehen, denn falls mein erster Eindruck einmal falsch liegen sollte, würde es das letzte Mal sein. Ich steckte mir die Zyankali-Kapsel probehalber in den Mund und ließ meine Zunge mit dem dünnen Glas spielen. Wäre ich in der Lage, sie zu zerbeißen? Wäre ich in der Lage, den Moment, wenn es sich noch lohnen würde, etwas zu riskieren, von dem zu unterscheiden, wenn alles zu Ende wäre?

Es vergingen ein paar Jahre, in denen ich meine ersten Eindrücke nicht mehr allzu sehr analysierte, ich hatte gelernt, mich auf sie zu verlassen, und war überzeugt, dass es von ihnen abhängen würde, ob ich in Sachen Zyankali-Kapsel eine Entscheidung treffen müsste. Als Polen und das nahe Grenzland endgültig vom Hakenkreuzmuster durchwirkt waren, verlagerte ich meinen Standort in die Beskiden, von wo aus Durchgangswege in die Slowakei, nach Ungarn und dann weiter bis ans Meer führten. Beschäftigt war ich als Hilfsbuchhalter im lokalen Sägewerk. An meinen freien Tagen schulte ich in abgelegenen Forsthäusern Funker oder schleuste in einem bestimmten Gebirgsareal wichtige Techniker und Wissenschaftler, die für die Kriegsmaschinerie von Nutzen sein konnten. Zwei oder drei Mal sagte mein »erster Eindruck« nein. Es war schwer, auf ihn zu hören, aber die Details spielten in diesem Entscheidungsprozess die größte Rolle. Bei einer Kontaktaufnahme fügten sich die zu sehr auf Hochglanz polierten Schuhe, die nicht zu dem abgetragenen Mantel passten, nicht ins Puzzlebild der äußeren Erscheinung ein, und der Mann, der die Parole überbringen sollte, stand viel zu ruhig an der vereinbarten Straßenecke, fast wie irgendein fahrender Philosoph. Bloß wienern Philosophen ihre Schuhe nicht. Ich ging ihm aus dem Weg.

Im vorletzten Kriegsjahr funktionierte dann gar nichts mehr. Für Verwirrung sorgten Partisanentrupps, noch eifrigere Verhöre und die Nachrichten von der Front, und ich hatte den Eindruck, als würde das ganze bislang relativ gut funktionierende Netzwerk, das nur dem praktischen Zweck diente, wichtige Leute aus dem Protektorat herauszuholen, langsam, aber sicher auseinanderreißen. Das eine Mal waren meine Pfade unpassierbar, weil lederne Partisanenstiefel auf ihnen dahindonnerten, das andere Mal tauchten die Verbindungsleute gar nicht erst auf. Mein letzter Auftrag bestand darin, eine junge, begabte Mathematikerin aus Prag zu dem weißen Gebäude zu bringen. Der Verbindungsmann erschien nicht, stattdessen kam die junge Frau gleich selbst zum Treffpunkt. Sie hatte die vereinbarten Kennzeichen, ein hellgrünes, allzu ordentlich gebügeltes Kostüm, und sah überaus verzweifelt aus. Ihr bleiches, sommersprossiges Gesicht schien regelrecht zu schreien, dass ich sofort verschwinden solle, so weit weg wie möglich, dass ich ja nicht in ihre Nähe kommen solle, doch ich schaute mir ihren stummen Schrei viel zu lange an. Zwei Männer in Zivil hielten mich an und drehten mir die Arme auf den Rücken, und obwohl ich die Kapsel unter der Zunge hatte, konnte ich mich nicht dazu durchringen, auf sie zu beißen. Sie verprügelten mich sehr sorgfältig und sehr lange, aber irgendetwas sagte mir, dass noch nicht alles vorbei war.

4

Ich hatte Glück, dass das morsche Netzwerk erst gegen Ende des Krieges komplett zusammenbrach. Sie brachten mich über Auschwitz in ein heute kaum noch Erwähnung findendes Konzentrationslager mit dem seltsamen Namen Flossen, irgendwo an der polnischen Grenze. Den Todesmarsch überlebte ich dank Johana. Eine Zigeunerin, die mir Essen von den schamlosen Gelagen mitbrachte, die die Kommandeure von Zeit zu Zeit veranstalteten und zu denen sie sich Roma-Häftlinge einluden, um Musik zu machen, zu tanzen und ihre schönen, wenngleich abgemagerten Körper anzubieten. Ich denke ständig an Johana. Wenn ich Maruškas Briefe aus Prag öffne, wenn ich diese stechende Angst spüre, ob ich auch nicht die falschen Verbindungsleute kontaktiert habe, wenn ich mich im morgendlichen Halbschlaf mit Luiza liebe. Manchmal kann ich die Welt nur durch Johanas riesige gelblichbraune Augen betrachten. Diese ernsten Augen verströmten immer ein beruhigendes Licht. Wenn wir halbnackt auf dem eisigen Appellplatz standen, stellte ich mir vor, dass ich mich an ihrem glühenden Strahlen aufwärme, dass es zwei Laternen sind, die mir zu guter Letzt den Weg nach Hause weisen. Niemand war mir je so nah wie sie. Es war Johana Kurucová, die eine Spitzhacke in die Hand nahm und sich in jener Nacht, als der Befehl gegeben wurde, das Roma-Lager zu liquidieren, auf die Wachen stürzte. Die jüngeren Männer hatte man schon vorher weggebracht, und in den Baracken waren nur noch Frauen, Greise und Kinder. Sie gingen nicht wie die Schafe zum Schlachter, sie warteten in aller Stille ab, bis man sie holen würde, und dann stürzten sie sich mit ihren erbärmlichen Werkzeugen auf ihre Peiniger. Ich bin mir sicher, dass es ihre Idee gewesen war. Johana war so.

Dann machte ich mich auf nach Wien, ich wollte weg, wollte vergessen – die Liebe, das KZ, Europa. Wieder nahm ich Kontakt zu den Amerikanern auf, ich bekam ein Visum nach Brasilien und beschloss, damit weiterzumachen, was ich konnte, nämlich über Grenzen zu gehen, Informationen zu sammeln und weiterzugeben. Nach wie vor wollte ich nicht der Junge in den schmachvollen Turnhosen sein. Ich wollte wieder die Fäden ziehen, vorsichtig Leute aushorchen, Dinge erfahren, nützlich sein und gut dafür bezahlt werden. Ich wollte keiner von diesen begeisterten Immigranten werden, die sich im Schweiße ihres Angesichts eine ganz neue Zukunft aufbauten. Lateinamerika war genau der richtige Ort. Es trug in sich die Wildheit Johanas, die Erinnerungen an Jandls Kabinett, und es war weit weg, sehr weit weg.

5

Nach dem Krieg, als ich in Brasilien vor Anker gegangen war, kam aus heiterem Himmel mein alter Lehrer zu Besuch. Er ließ mir über einen der Baťa-Mitarbeiter eine Nachricht zukommen, und dann saß er auf einmal in meiner Küche. Er hatte nur noch einen halben Magen, aber immer noch diese wachen zwetschgenblauen Augen, wie neugeboren sah er aus. Er hatte die Verhöre in den Gefängnissen überstanden, wo er wegen seiner Tätigkeit im Widerstand gelandet war, und da im Krieg seine gesamte Familie umgekommen war, gab es niemanden mehr, der ihn vom Reisen hätte abhalten können. Da er kaum etwas aß und für niemanden sorgen musste, konnte er es sich erlauben, in Gegenden zu reisen, die er sich schon immer hatte anschauen wollen. Obwohl es nicht leicht war, aus der kommunistischen Tschechoslowakei herauszukommen, hatte er damit als ehemaliger Häftling und Erdkundelehrer keine so großen Probleme, und Lateinamerika zählte eher zu den Gegenden, um die sich in den Reihen der Politbonzen niemand groß scherte. Außerdem verwechselten die zuständigen Referenten Nicaragua immer mit Guatemala, sodass er fast nie besondere Schwierigkeiten hatte. Er hatte mich aufgesucht, weil er fähig war, weiterzudenken, und weil er mich gut kannte. Als er einen Pass beantragte, musste er verschiedene Ministerien in Prag abklappern, und in einem davon war es seine ehemalige Schülerin Maruška, die ihm zum Ausreisevisum verhalf. Er erzählte voller Begeisterung von ihr, wie ihre Augen und Haare waren, und dass ich mich gewiss an sie erinnern würde. Ich erzählte ihm, dass ich ihr über ihren Onkel einen Brief geschickt hatte, der mir dankbar war, weil ich in einem grausamen Kriegswinter die Partisanen weit genug von seinem Hof weggelockt hatte, und dem ich schließlich geholfen hatte, hier in der Fremde ein passendes Stück Land zu finden. Es war ihm gelungen, seinen Hof in allerletzter Minute zu verkaufen, und er war noch legal und mit einem gültigen Pass hierher ausgereist, weil er alle bestochen hatte, wie er selbst sagte, »von ganz oben bis ganz unten«. Diese Taktik sollte sich für ihn übrigens auch hier reichlich bezahlt machen.

Im Unterschied zu den dämlichen Beamten wusste ich, dass Jandl für den »falschen« Widerstand tätig gewesen war und dass seine Ansichten über die Kommunisten nicht besser waren als meine eigenen. Und sein Besuch kam mir sehr gelegen. Ja, er war mir regelrecht vom kommunistischen Himmel geschickt worden. Vor einigen Monaten hatten mich nämlich meine amerikanischen Chefs kontaktiert, von denen ich länger nichts gehört hatte, damit ich in Brasilien in Ruhe Fuß fassen konnte. Sie meldeten sich mit einem Auftrag, bei dem ich keinen Augenblick zögerte. Zum einen hatte ich aus irgendeinem sentimentalen Grund immer noch das Verlangen, auch weiterhin etwas mit meiner alten Heimat zu tun zu haben, zum anderen begann gerade der Kalte Krieg.

Jandl saß am Tisch und schimpfte auf die Verhältnisse in der Tschechoslowakei. Ähnliche Geschichten hatte ich schon von anderen Landsleuten gehört, denen man kleinere oder auch größere Fabriken konfisziert hatte, und ich hatte die Situation auch unzählige Male mit anderen Baťa-Leuten im Bundesstaat Mato Grosso do Sul diskutiert. Jandl hatte niemand etwas weggenommen, weil er nichts besaß, aber es betrübte ihn trotzdem, wie das Land unaufhaltsam in die Finsternis einer Diktatur abrutschte. Leider musste ich ihm sagen, dass auch hier in Brasilien nicht gerade demokratische Verhältnisse herrschten. »Trotzdem können die Leute reisen«, entgegnete Jandl, für den die Reisefreiheit das Allerwichtigste war, und zu Hause büßte er sie unaufhaltsam immer mehr ein. Er wusste, dass die Ignoranten schon bald von anderen, wahrscheinlich noch argwöhnischeren Machthungrigen ersetzt werden würden, die seinen Ausreisevisa nicht mehr so gewogen sein würden. Also bot ich ihm eine Lösung an. Ich brauchte zu Hause jemanden, der nicht aus Prag stammte, um auch außerhalb der Hauptstadt einen Anlaufpunkt zu haben. Und ich brauchte jemanden, der mir regelmäßig Neuigkeiten über Maruška lieferte, die in meinen Plänen eine weitaus wichtigere Rolle spielte als er.

Jandl hatte nämlich erwähnt, dass das Visum schlussendlich ein gewisser Zábojný unterschrieben hatte, zu dem Maruška ausgezeichnete Beziehungen pflegte. Mir war klar, dass diese guten Beziehungen nicht darauf beruhten, dass sie viele Sprachen beherrschte. Ich musste wissen, wie gerade die Stimmung in den oberen Etagen des Außenministeriums war. Und das Wichtigste war, dass ich diesen Zábojný kannte. Wir hatten nämlich beide denselben Todesmarsch überlebt. Jandl durfte ein bisschen was von meinen Plänen wissen, aber Maruška nicht. Jandl hatte vier Jahre Erfahrung im Widerstand gesammelt. Außer am Reisen und dem damit verbundenen Freiheitsgefühl war ihm an nichts anderem gelegen, er hatte keine Familie mehr, und wir verstanden uns gut. Und auch das Geld kam ihm für seine Reisen gelegen. Schnell waren wir uns einig. Ich musste Maruška irgendwie dazu bringen, mir unzensierte Briefe zu schreiben, bei denen nicht in jeden banalen Satz übers Wetter plump Löcher hineingeschnittenen wären. Und gleichzeitig wollte ich ihr keine Angst machen.

Jandl schaffte es schließlich. Er traf sich mit Maruška und erklärte ihr, dass genau sie meine einzige Quelle für Eindrücke und unverfälschte Informationen über meine Heimat war, eine traurige, aber schöne Erinnerung. Das war sie auch, aber außerdem war sie für mich ein Arbeitsmittel. Jandl war ein ausgezeichneter Pädagoge, doch er hätte genauso gut Priester werden können, denn er konnte seinen Schülern dermaßen ins Gewissen reden, dass die keinen Augenblick lang daran zweifelten, den nächsten Sonntag voller Freude mit ihrem Erdkundebuch zu verbringen.

6

Ihre Briefe brachte Maruška in ein Studentenwohnheim in Prag. Zu einer festgelegten Zeit, die sie meinen Briefen entnahm, kam sie und warf sie in den Kummerkasten für Studenten ein. Die Wohnheime wechselten. Ein Kurier sandte die Briefe weiter, ein spanischer Student, Nachkomme geflüchteter Republikaner, die später der im Spanien unter Franco verbotenen Kommunistischen Partei beitraten. Nach dem Bürgerkrieg waren sie nach London geflohen, wo es ihnen nicht besonders gut ging. Nachdem im Februar 1948 in der Tschechoslowakei die Kommunisten an die Macht gekommen waren, packten sie die Gelegenheit beim Schopfe und gingen nach Prag. Zur Belohnung durfte ihr Sohn dort auf Staatskosten Chemie studieren. Mit seinen Eltern überwarf er sich eines kalten Morgens, als es in ihrem Prager Mietshaus nichts mehr zum Heizen gab: Nach einem kindischen Streit über linke Ideale gingen sie im Bösen auseinander. Er brüllte ihnen ins Gesicht: »Mierda, ihr seid keine Republikaner, ihr seid alte stalinistische Kommunisten!«

In der Tschechoslowakei durfte er zwar kostenlos studieren, aber mit den Almosen, die er erhielt, kam er kaum über die Runden. Gleichzeitig gewann er den Eindruck, dass Marx eigentlich ein Idiot war, und so ließ er sich für Kurierdienste im »dritten Widerstand« anwerben. Maruška's Briefe gelangten über italienische Gewerkschaften bis nach Brasilien. Zunächst fanden sich darin keine wesentlichen Informationen, deshalb machte es auch nichts, dass sie mitunter zwei Monate unterwegs waren. Aber es war trotzdem sicherer, sie auf verschlungenen Umwegen zu befördern.

Es klappte von Anfang an. Maruška schrieb mir über alles, worum ich sie bat. Welche Straßen jetzt in Prag anders hießen, was sie sich zum Anziehen gekauft hatte, um wie viel sich die Lebensmittel verteuert hatten, wie ihre Vorgesetzten waren, wie viel sie arbeiten musste, welche Abteilung womit im Verzug war. Sie schrieb mir auch von Zábojný, der befördert worden war und jetzt die Handelsabteilung der russischen Botschaft betreute. Für Maruška waren das nichtige, alltägliche Einzelheiten; mir half es dabei, die Situation in einem wichtigen Ministerium eines verfeindeten Staates auszuloten.

Ich wunderte mich auch nicht, dass der Russist Zábojný befördert worden war. Im KZ hatten sich die Kommunisten zu einem geschlossenen Knäuel zusammengeballt, sie hatten ihr eigenes Netzwerk, um Lebensmittel aufzutreiben, und nie machten sie Geschäfte mit Johana. Zábojný war zweifellos ein Organisationstalent, und nachdem uns das Bellen der russischen Maschinengewehre aus dem Bann des Todesmarschs gerissen hatte, diente er als Dolmetscher und gab Lebensmittel und Verbandszeug aus. Er kontrollierte, verteilte und spielte mit den Russen Ziehharmonika. Er hatte auf der Uni Russisch studiert und war ein überzeugter Romantiker, verliebt in die Idee des Panslawismus. Er traf sich in Prag mit russischen Emigranten und hatte wie ich das Glück, dass er erst gegen Ende des Krieges eingesperrt worden war. Ich muss zugeben, dass sein Enthusiasmus für alles Slawische, sein großmäuliges Rezitieren von Majakowski und seine offensichtliche Intelligenz in gewisser Weise anziehend auf mich wirkten. Trotzdem waren wir nach außen hin keineswegs Freunde, und auch wenn er auf der Nachbarpritsche lag, wechselten wir nur ein paar Worte miteinander. Er wollte wissen, warum ich im KZ gelandet war. Ich sog mir eine banale Denunziation durch einen rachsüchtigen Nachbarn aus den Fingern. Als ich ihn fragte, dachte er sich höchstwahrscheinlich ebenfalls etwas nicht allzu Konkretes aus. Wir waren uns ähnlich. Obwohl er ein geselliger Exhibitionist war und ich eine verschlossene Mimose. Ich bemerkte, wie aufregend wir es beide fanden, dass wir etwas Wichtiges vor den anderen verheimlichten.

Dann kamen meine amerikanischen Chefs mit einer riskanteren Sache. Ich bekam die Aufgabe, Doppelagent zu werden und zum Schein für den tschechischen Nachrichtendienst Informationen aus Firmen zu beschaffen, die von deutschen Faschisten in Brasilien gegründet worden waren. Ich sollte auch die Baťa-Mitarbeiter beobachten und alle Schritte, die Jan Antonín Baťa hinsichtlich der Verstaatlichung seiner Fabrik in Zlín unternahm, im Auge behalten. Dieses Zwitterdasein war berauschend, es war das erste Mal, dass ich mit etwas Derartigem betraut worden war, und ich wusste, dass ein solches Chamäleon in der Hierarchie weitaus mehr zählte, weil damit nicht nur ein höheres Risiko verbunden war, sondern weil das auch eine ganz andere Art von Kombinationsfähigkeiten erforderte.

Meine tschechischen Landsleute kamen mir sehr gelegen, vor allem jene, die nach dem Krieg gekommen waren. Einige von ihnen waren Juden, die das KZ überlebt hatten, und kaum waren sie zurückgekehrt, mussten sie ein zweites Mal fliehen, vor den Kommunisten. Allerdings hatten sie ihre Lektion gelernt und machten sich nichts mehr vor. Brasilien war ihre einzige Chance. Die amerikanischen Einwanderungsquoten waren mehr als ausgeschöpft, und so sprach man in den Sammellagern von Wien häufig von Brasilien – und vor allem von São Paulo mit seinem gemäßigten Klima – als einer großen Hoffnung. Wenn sie dann erst einmal hier waren, waren sie oft genug enttäuscht, weil die einzigen, die ihnen Arbeit geben wollten, deutsche Unternehmer waren – ihre einstigen Feinde aus dem »Dritten Reich«.

Ich habe nie begriffen, wie es ihnen gelang, ihre eintätowierten Nummern so schnell zu vergessen. In gewisser Weise war es eine Form, sich auf seltsame Art mit dem eigenen Schicksal auszusöhnen, mit der Ironie, die darin lag, dass sie nun wieder für die Faschisten arbeiteten, doch diesmal gegen Bezahlung. Oftmals habe ich auch ihre deutschen Direktoren dazu befragt, und die antworteten mir, dass auch sie ihre Schuld dadurch beglichen, indem sie den ehemaligen Reichssklaven eine anständige und gut bezahlte Arbeit gaben. Alle waren's zufrieden.

Erklärungen

(Marta)

1

Es dauerte fast eine Woche, ehe sie sich alles erklärt hatten. Tagein, tagaus saßen wir in Maruškas bunter Wohnung herum und redeten. Luiza schimpfte dabei ausgiebig. Selbst ihre deftigsten Flüche waren voller Poesie, wenn sie etwa sagte: »Verdammt noch mal, Heilige Mutter Gottes, das war so furchtbar, wenn der wieder so einen scheiß Brief von dir in der Hand hatte. Vor Wut hab ich in der Küche Teller kaputt geschmissen, die ich von meiner Mutter geerbt habe. Das Schlimmste war, dass er auch noch offen gesagt hat, dass die von dir sind, er hat nichts verheimlicht, er hat mir erklärt, warum er den Briefwechsel braucht, so wie man einem kleinen Kind erklärt, dass der Zahnarzt ein ganz lieber Onkel ist, der bloß Zähne zieht, er hat behauptet, dass deine Briefe für ihn so eine Art von Hoffnung bedeutet haben, dass er irgendwann wieder nach Hause kommt. Er hat darauf gewartet. Wenn irgendwer einen von deinen Briefen gebracht hat, dann durfte er ihn nur ihm selber geben, da waren nämlich nie Briefmarken drauf. Er hat sich rasiert, ein bisschen Amazonia-Parfum aufgelegt und ist in den Jockey Club gegangen, wo wir geheiratet haben. Dort hat er sich einen doppelten Espresso mit feinem Schaum bestellt und hat einen halben Tag mit dem beschissenen Brief verbracht. Einmal hab ich ihn in einer Anwandlung von Masochismus gezwungen, dass er mich mitnimmt. Ich hab ihm zugeguckt, wie gierig er die tschechischen Buchstaben verschlang. Das ist so ein Ritual gewesen, und in diesem Ritual bin ich nicht vorgekommen, ich bin auf einmal nur noch ausgeatmete Luft gewesen. Alter Krempel, den er sorgfältig weggeschmissen hat, bevor er zu seiner Briefmission losgezogen ist, die so schön nach seiner sentimentalen Heimat gerochen hat.«

Maruška war sanfter, und ihre Version trug einen größeren Schmerz in sich, denn obwohl sie einen Liebsten gehabt hatte, hatte sie doch nie mit jemandem zusammengelebt, und an ihrer Geschichte nagte der Verdruss ihrer Einsamkeit. »Ich habe mir immer vorgestellt, wie ihr zusammen schlafen geht, wie ihr euch auf eine bestimmte vertraute Art und Weise Gute Nacht sagt, wie er dir über den Kopf streicht, wenn du Fieber hast, oder wie ihr zusammen über irgendwas im Radio lacht.« So wie sie das sagte, klang es, als würde man still und sorgfältig ein gebrauchtes Taschentuch zusammenlegen. »Einmal hat er mir aber geschrieben, dass er keine Kinder haben will, weil er nicht mehr daran glaubt, dass die Welt jemals irgendwie besser wird, und dass du damit einverstanden warst. Ich glaube, das war das einzige Mal, dass ich kurz aufgehört habe, dich zu hassen. Du musst ihn echt geliebt haben, dass du auf so was eingestiegen bist.«

Luiza dachte einen Moment nach. Dann lachte sie los.

»Also das hab ich nicht verdient, so eine Hasspause. Weißt du, ich hab heimlich gehofft, dass er irgendwann mal so was in der Richtung sagt, ich hab immer eine Heidenangst vor den Schmerzen gehabt und wollte nie ein Kind auf die Welt bringen und dann Nähte im Bauch haben oder irgendwas Unangenehmes in der Art. Nach außen hin hab ich so getan, als würde ich nur zögerlich einwilligen, nicht, dass er sich's dann doch noch anders überlegt, aber in Gedanken hab ich aufgeatmet, dass er nicht zu diesen Latinos gehört, für die eine Fortsetzung der Serie ›Mein Leben‹ ein absolutes Muss ist. Ich hab auch mal für eine Weile aufgehört, dich zu hassen. Als er mir gesagt hat, dass du krank bist und er dir eine größere Dosis Streptomycin schicken muss, weil du vielleicht Tuberkulose im Anfangsstadium hast. Ich hab gewusst, dass Streptomycin Nebenwirkungen hat und dass man davon sogar taub werden kann, und auf einmal hab ich alle Heiligen angefleht, dass es nur eine hässliche Lungenentzündung ist.«

Nachdem sie sich beide Versionen ihrer Leben in allen Details erzählt hatten, waren sie sich einig, dass sie beide ein seltsames Hirngespinst von ein und demselben Mann gelebt hatten, der keiner von beiden gehört hatte. Und keine von beiden hatte es nötig, zu lügen, die Wahrheit zu verdrehen oder der Anderen etwas vorzumachen, dafür war es nun zu spät. Jaromír war tot, der Kommunismus, gegen den er mit all seinen Kräften als Spion gekämpft hatte, war ebenfalls verschwunden, und nur sie beide waren geblieben. Zuallererst wollten sie aber herausfinden, wie sehr Jaromír sie ausgenutzt hatte. Außerdem einigten sie sich darauf, davon auszugehen, dass er sie nicht missbraucht hatte. Ausnutzen war etwas Anderes als Missbrauchen.

Während sie gemeinsam ihre Geschichten rekonstruierten, kamen sie darauf, dass sie beide seine Arbeitsmittel gewesen waren, die er allerdings geliebt hatte. So als würde man seine Nähmaschine oder seine Stricknadeln vergöttern, von denen man sich nicht trennen konnte und die man überallhin mitnahm, auch wenn man am Flughafen eine Nachzahlung wegen Übergepäck aufgebrummt bekam.

Luiza wollte Tschechisch lernen und Maruška Portugiesisch. Zwei Tage nach Luizas Ankunft fingen sie damit an. Wir gingen alle zu einem Spaziergang in die Stadt und in die Buchhandlung im Haus Zur Schwarzen Mutter Gottes. Als Luiza nämlich zum ersten Mal kubistische Architektur sah, sagte sie, dass sie alle Bücher genau in diesem Haus kaufen müsse. Sie besorgten sich nun Wörterbücher, Landkarten von Brasilien und Tschechien, einen Stadtplan von Prag und andere Bücher, und dann legten sie los. Luiza konnte fließend Deutsch, Italienisch und Portugiesisch. Maruška Englisch, Französisch und Russisch. Es lief gut. Sie stellten einen sehr strengen Stundenplan auf und hielten ihn über Monate strikt ein. Maruška hatte es mit dem Portugiesischen schwerer, weil sie es nicht direkt in Brasilien lernen konnte, aber Luiza munterte sie auf und versprach ihr, dass sie in einem Jahr dann zum Ausgleich gemeinsam nach São Paulo gehen würden. Es war ein groß angelegter Plan. Ich spürte, wie Maruškas Melancholie verflog, denn ihre Quelle, die sie nährte wie einen mit Erinnerungen getränkten, niemals trocknenden Schwamm, war versiegt. Auf einmal war der Schwamm mit ihrer Vorstellung von Jaromír weg. An seine Stelle war der Spion Yaromir getreten und eine nüchterne Spurensuche danach, wie sehr er sie ausgenutzt hatte. Und da gab es Luiza. Die hatte ihr der Jaromír aus dem kleinen mährischen Dorf als Abschiedsgeschenk hinterlassen. Unermüdlich, verlässlich, voller Leben. Sie sagte sich, dass er gewusst haben musste, dass Luiza sie aufsuchen würde. »So gut hat er uns gekannt …«, dachte Maruška laut, als sie eine Grammatikübung für Luiza vorbereitete.

Die war gerade im Archiv des Verteidigungsministeriums und versuchte alles aufzustöbern, was mit Jaromír zu tun haben könnte. Bloß kamen sie und Maruška nicht sonderlich weit, es mangelte ihnen definitiv an Jaromírs Kombinationstalent. Doch kamen sie auf die Idee herauszufinden, mit wem er in Böhmen möglicherweise sonst noch in Verbindung gestanden hatte. Maruška erzählte, dass er sich am Gymnasium sehr gut mit dem Erdkundelehrer Jandl verstanden hatte. Jandl war zudem genauso wie Jaromír im KZ gewesen. Das erfuhr Maruška von Luiza, die ihr erzählte, wie sie beim ersten Mal das Geheimnis von Jaromírs eintätowierter Zahl fasziniert hatte. Bloß war Jandl längst tot, er war Mitte der fünfziger Jahre gestorben, nach einer langen Reise ins Landesinnere von Brasilien und in den Dschungel von Bolivien. Trotzdem machten sie einen Ausflug in das mährische Städtchen, wo das Gymnasium stand, das immer noch genau so blaugrau vor sich hinbröckelte wie in den Dreißigerjahren. Seine Bedeutungslosigkeit sprach aus jenen strengen Mauern, und zugleich auch die Unerreichbarkeit für die Schüler aus den umliegenden Dörfern. Wie das unausweichliche Schicksal all derer, die von der Peripherie stammten und sich danach sehnten, ihr zu entkommen.

2

»Es war nicht leicht, hier zu leben«, sagte Maruška. Sie erinnerte sich an ihre strengen, schwarzseherischen Lehrer, an deren Begeisterung für die nationale Sache, an ihre Feigheit während des Krieges, daran, wie schwer sie es nach der Befreiung hatte, nachträglich ihren Abschluss zu machen, denn sie hatte sich im letzten Schuljahr auf dem Hof ihres Onkels verstecken und all ihre Dokumente fälschen müssen. Wie ihr nach dem Krieg dieselben Lehrer nicht glauben wollten, dass sie die echten Papiere vernichtet hatte, um sich zu retten. Bis heute sah sie die hämischen Gesichter vor sich, die ihre Begründungen in Frage stellten. »Ich bin Jüdin, ich hatte keine andere Wahl«, sagte sie damals zum Direktor, und der schwieg, viel zu lange. »Letzten Endes durfte ich die Schule fertig machen, aber ich habe mich schrecklich dabei gefühlt, ich musste zur Bittstellerin werden, nur weil ich den Krieg überlebt habe. Jandl war der Einzige, der damals für mich eingestanden ist. Nach diesem Erlebnis bin ich dann alleine nach Prag gegangen, um mich auf eigene Füße zu stellen, um diese Erniedrigung zu vergessen und ein paar Verwandten zu helfen. Jandl hat mich einmal im Ministerium getroffen, ich ging gerade einen langen Gang hinunter und bin auf ihn gestoßen, wie er vor einer Glastür unsicher von einem Fuß auf den anderen trat. Ich habe ihn gefragt, was er braucht, und er hat mir erzählt, dass er gerade eine Reise nach Lateinamerika plant und dass ihn sich meine Kolleginnen vom benachbarten Referat wie eine heiße Kartoffel zuwerfen und dass er keine Zeit hat, bis zum nächsten Tag zu warten, weil abends sein Zug fährt und er nicht weiß, wo er in Prag übernachten soll. Ich war ihm dankbar dafür, wie er sich damals nach dem

Krieg für mich eingesetzt hatte, und ich habe mich auch gefreut, dass er sich seinen alten Traum erfüllen wollte, von dem er uns immer in seinen Erdkundestunden erzählt hat. Auch für die war ich ihm dankbar, er war genau die Art von Erdkundelehrer, dessen Stunden man nie vergisst, weil es eben keine Stunden gewesen sind, sondern Geschichten von Ländern, die man sich unbedingt einmal anschauen müsste. Also bin ich losmarschiert und habe persönlich alles Nötige für ihn erledigt. Von da an kam er ab und zu einfach so auf einen Tee vorbei, wenn er in Prag mal wieder was zu erledigen hatte. Er hat mich oft ausgefragt, er wollte einen Haufen Dinge wissen, ja, doch, er hat nach ähnlichen Sachen gefragt wie Jaromír in seinen Briefen.

Einmal war er wieder bei mir, und ich wollte gerade zu Jan Zábojný gehen, damit der ihm mit dem Visum hilft, aber er hat nur rätselhaft gelächelt und bedeutungsschwanger gesagt, dass er vor ein paar Wochen aus Brasilien zurückgekommen ist. Ich bin knallrot geworden. Ich konnte nicht widerstehen und habe ihn gefragt, ob er Jaromír gesehen hat. Das hatte er, und nicht nur das, er hat mir von ihm ausgerichtet, wie das mit den Briefen laufen soll, und bot mir damit die Möglichkeit, Jaromír und seinen Mut, sein neues exotisches Zuhause im Hinterkopf zu behalten. Mein Plan B. Ich fühlte mich hier zu Hause immer bedrückter. Das war eigenartig, weil ich mich gerade darauf eingelassen habe, Jan Zábojný zu lieben. Einen aufbrausenden und gleichzeitig distanzierten Mann, der um keinen Preis mehr wollte als eine Affäre. Er hat mit solchem Nachdruck darauf beharrt, dass ich zwar seinen starken bleichen Körper lieben, mich stundenlang mit ihm über russische Klassiker unterhalten und Verse von Marina Zwetajewa lesen konnte, aber er ist nie mit mir Kaffee trinken oder ins Theater gegangen. Er hat behauptet, wenn jemand im Ministerium erfahren sollte, dass ich Jüdin bin und mich im Krieg bei einem Kulaken versteckt habe, dann könnte ihm das die Karriere kaputtmachen. Nicht mal nach dieser gefühllosen Bemerkung habe ich's fertig gebracht, mich von ihm zu trennen. Nachdem er den Rahmen, in dem sich unsere Beziehung bewegen sollte, so kategorisch absteckt hatte, habe ich mich gefühlt wie ein angeschossener Hase. Ein kleines Tier im Wald, wo es gerade dunkel wird und die Jäger sich zu einem wilden Besäufnis aufgemacht haben. Die Verletzung ist zwar nicht ernst, aber der Frost kommt, und der Hase weiß, dass er sowieso keine Chance hat zu überleben.«

3

»Jandl hat bei mir im Keller gesessen, in meinem Hasenbau. Auf dem knarzenden Sofa hat er starken Hagebuttentee mit Honig geschlürft und erzählt. Jaromír hat ihm die teure Impfung besorgt, damit er auch in den Dschungel konnte. Er hat ihn mit Leuten bekannt gemacht, die ihm riesige Wasserfälle gezeigt haben, und er war bis an die Grenze zu Paraguay gekommen, zu einem Indianerstamm, in dem einige von Frič' Sprösslingen leben, die der potente Abenteurer mit den Frauen dort gezeugt hat. Voller Begeisterung hat Jandl berichtet, wie sich die Indianer bis heute die reinsten Legenden über Frič erzählen. Ich wäre ja so gerne wieder seine Schülerin gewesen, denn wenn ich seine Stunden schon vor dem Krieg geliebt habe, dann mussten das heute die reinsten Abenteuerfilme sein.

Zum Schluss hat mich Jandl lange angeschaut und gesagt: ›Ich möchte Sie um etwas bitten, Marie. Ich glaube, dass Sie mir noch einmal helfen können. Und nicht nur mir. Auch Jaromír. Ich meine jetzt kein Visum. Ich weiß, dass es immer schwieriger wird, eins zu besorgen, und ich bin Ihnen dafür unendlich dankbar. Das hier wiegt allerdings weitaus schwerer.‹ Er hat mir dabei in die Augen gesehen und das ganze Tintenblau ist todernst geworden. Fast hat er nur geflüstert: ›Ich möchte, dass Sie versuchen, Jaromír zu retten.‹ Jaromír retten? Hat der es irgendwann nötig gehabt, dass ihn jemand rettet? ›Jaromír stirbt vor Heimweh, aber vermutlich weiß er selbst noch nichts davon. Andauernd fragt er mich nach allem zu Hause aus. Er leidet unter dem Gefühl, dass er nie wieder zurück kann. Und er ist sehr betrübt, dass Sie damals nicht zu ihm kommen wollten. Könnten Sie ihm nicht ab und zu schreiben?‹

Natürlich habe ich Angst gekriegt. Angst um meine Arbeit im Ministerium (Was würde Zábojný dazu sagen?), Angst vor dem Galgen, eine Angst, deren Geruch ich aus allen Poren ausradieren wollte, die ich austreiben und vernichten wollte. Ich habe diese Angst eingeatmet, sie klein gehalten und den ganzen Krieg lang versucht, sie zu überlisten. Ich habe sie teelöffelweise geschluckt, sie in kleine Stücke zerlegt, mich vor ihr in Ecken gekauert und … Es ist mir so schlagartig klar geworden, dass ich einen heftigen Stich im Rücken gespürt habe: Jetzt hat mir diese Angst gefehlt.

Ich bin nicht naiv gewesen, kein bisschen, vor allem, seitdem ich Jan Zábojný besser kannte, seine krankhafte Wachsamkeit und seine sorgfältig geplanten ministerialen

Intrigen. ›Kriegen Sie von Jaromír Geld, wenn Sie mich erfolgreich zu dem Briefwechsel überreden?‹

Jandl schluckte. Mit so was hat er nicht gerechnet. Er hat gedacht, ich bin eine dumme Gans. Das hat mich ein bisschen enttäuscht. ›Nein, dafür nicht.‹ Dann hat er nichts mehr gesagt und seinen Tee ausgetrunken. ›Ich muss los, Marie.‹ Jandl war der einzige Mensch auf der Welt, der mich so genannt hat. Alle anderen haben Maruška zu mir gesagt, weil ich so zierlich bin und immer wie ein großes Kind gewirkt habe. Ich genoss den Klang meines richtigen Namens: ›Ich muss los, Marie.‹

Damit war die Entscheidung gefallen. ›Wie soll ich ihm die Briefe zukommen lassen? Sie wissen doch genau, dass er entweder nichts kriegt oder dass die alles ausschneiden.‹ Er hat mir die Sache mit den Studentenwohnheimen in allen Einzelheiten erklärt, und ich hatte zum ersten Mal seit dem Krieg das Gefühl, dass ich tatsächlich lebe. Der erfrorene Hase in mir hat wieder angefangen, übers Feld zu hoppeln und mit seinem Schnäuzchen das Gras unterm Schnee aufzuspüren.«

4

»Jandl hat dann noch eine lange Expedition nach Bolivien unternommen, und danach ging's mit ihm bergab. Ich bin wieder regelmäßig nach Mähren gefahren, diesmal zu ihm. Ich habe immer für eine Woche im Voraus für ihn gekocht, ihm das Essen mitgebracht und mich auf ihn gefreut. Jetzt hatte ich alle seine Anekdoten nur für mich alleine, die er vielleicht halb erfunden hat und die unglaublich halsbrecherisch und farbenfroh waren. Jedes Mal musste ich im

Atlas blättern und die Orte suchen, von denen er mir erzählt hat. Ich musste alte Landkarten ausrollen, die haben unter Spinnweben in einer Ecke vor sich hingegammelt, die der Schimmel nur verschont hat, damit er sich dann nur umso bösartiger an den Karten austoben konnte. Jandl hat andauernd versucht, mich zu überzeugen, dass jeder Mensch geradezu moralisch verpflichtet ist, ein interessantes Leben zu führen, oder wenigstens das zu tun, was ihm am meisten Spaß macht. ›Ich habe diesen Nervenkitzel erst im Krieg im Widerstand gefunden, und später dann beim Reisen, alles andere war nicht viel wert. Weder die Liebe zu meiner Frau noch die Erziehung meiner Kinder hat mich wirklich erfüllt. Vielleicht klingt es grausam, aber so ist nun mal‹, hat er mir sein Herz ausgeschüttet.

Darüber war ich nun nicht begeistert, ich habe nicht gewusst, was ich dazu sagen soll, ich hatte ganz gegenteilige Gefühle. ›Ich will einfach nur meine Ruhe haben, Herr Jandl, ich will keinen Nervenkitzel, ich sehne mich nach etwas Beständigem, nach jemandem, auf den ich mich verlassen kann, nach Kindern …‹ Er war anderer Meinung: ›Das redest du dir nur ein, jetzt, wo du diese ganze Angst und den Schmerz durchgemacht hast, das geht nicht ewig so, es klingt ab, und wenn du die Leere spürst, wirst du zu Jaromír fahren wollen, aber dann ist es zu spät.‹

Jandl, Jaromír und vielleicht auch Zábojný waren eine andere Art von Lebewesen. Sie haben eine andere Energie in sich gehabt, damals hat man dazu ›Naturell‹ gesagt. Sie haben sich in ihrem Leben nach Dingen gesehnt und sie auch umgesetzt, die ich zwar bewundert habe, aber gleichzeitig haben mich diese ganzen Abenteuer, Geheimnisse und Reisen angestunken. Als ob jedes Mal, mit jeder überraschenden Sache, die sie angefangen haben, eine andere, viel gewöhnlichere und stillere Sache zu Grunde gehen musste.

Mein alter Lehrer, der hinter seinem Pult immer so majestätisch und allwissend gewesen ist, hat unter seiner schweren und feuchten Bettdecke verloren ausgesehen. Laut den Ärzten aus dem Krankenhaus in Brünn hat er mit irgendeinem tropischen Fieber gekämpft, gegen das ihm nicht einmal Jaromírs spendierte Impfung was geholfen hat. ›Ich hätte nicht in dieser stickigen Hütte schlafen sollen, irgendwas hat da in der Luft gelegen, irgendwas war da nicht in Ordnung, ich habe das gespürt, gleich als ich mich da hingelegt habe‹, hat er ruhig erklärt. ›Ich habe eine falsche Entscheidung getroffen, aber ich habe ja wohl das Recht, auch mal eine falsche Entscheidung zu treffen.‹

Ich habe Jaromír geschrieben, dass er Medikamente schicken soll, aber er hat geantwortet, dass es den Symptomen nach nicht um ein tropisches Fieber geht, sondern um die *Doença de Chagas*, die Südamerikanische Trypanosomiasis, eine gefürchtete Krankheit, die von Insekten übertragen wird, die in den Bambusdächern der Indianerhütten hausen, und von der noch nie jemand geheilt werden konnte. Jandls Herz ist zwar langsam, aber unaufhaltsam immer größer geworden, es hat unerträgliche Dimensionen angenommen und schließlich ganz aufgehört zu arbeiten. Zum Begräbnis hat sich die ganze Schule versammelt, alle haben bedrückt geschwiegen, Laub ist träge auf den Sarg herabgerieselt, und niemand hat eine Rede gehalten. Angeblich hat Jandl das nicht gewollt. Ich habe das nicht geglaubt, der Direktor hat sich diese Lüge nur ausgedacht, weil im Unterschied zu den Schülern die meisten aus dem Lehrerkollegium Jandl nicht leiden konnten.«

Jandl, das war sicher eine gute Spur. Vielleicht würden Maruška und Luiza etwas mehr über Jaromír erfahren, vielleicht hatte er seinem alten Lehrer noch etwas hinterlassen, wovon sie nichts wussten. Sie bekräftigten sich gegenseitig, dass sie endlich an der richtigen Adresse waren, als sie an dem Haus läuteten, in dem der dürre Lehrer vor langer Zeit gelebt hatte.

Der letzte Tanz

(Jaromír)

1

Nachdem Jandl die Heimreise angetreten hatte, brach in Brasilien eine Zeit an, mit der ich mich nur schwer anfreunden konnte. Die Diktatur steckte zwar noch in den Kinderschuhen, doch war sie bereits da, und die Unfreiheit roch nach Armeestiefeln. Ich musste wohl oder übel mit den jungen Leuten sympathisieren, denen die entsetzlichen sozialen Klüfte zwischen Stadt und Land, zwischen den *Latifundistas* und den Nachkommen ehemaliger Sklaven nicht passten. Es war so schwer, sich in all dem zurechtzufinden. Langsam musste ich wieder mit Dingen rechnen, denen ich nie wieder begegnen wollte. In São Paulo machten sich geflohene deutsche Unternehmer breit, und ich bekam sogar den Auftrag, in ihren Firmen zum Schein als Konsulent für die osteuropäischen Märkte zu arbeiten. Meine Aufgaben waren mir klar, doch manchmal verlor ich die Motivation. In den schweren Zeiten, als ich lernte, mit Luiza zu leben, überfiel mich immer wieder das Gefühl, dass ich etwas Unrichtiges tat, etwas viel zu Finsteres, um die Zügel noch in der Hand zu behalten. In einem dieser rabenschwarzen Momente erzählte ich Luiza alles. Alleine hatte sie sich kein Bild von der ganzen Geschichte machen können, sie war zwar clever, aber nicht der Typ, der die Geheimnisse Anderer ausforscht. Trotzdem war sie irgendwie dahinter gekommen, dass ich Maruška schreibe, und auch für den Revolver unter meinem Kopfkissen gab es keinerlei logische Gründe. Schließlich erzählte ich ihr alles; das Einzige, was ich verheimlichte, war die wahre Ursache, warum ich mich entschieden hatte, mit diesem doppelten Spiel als Chamäleon weiterzumachen.

Als Jandl zwei Jahre später wieder nach Brasilien kam, trafen wir uns in Mato Grosso do Sul. Er wollte von dort aus nach Bolivien und unbedingt die berühmten Yungas sehen, aus der wilden, feuchten Urwalddämmerung bis in eine Höhe von viertausend Meter hinaufsteigen und bis nach La Paz kommen. Als ich ihn sah, wusste ich, dass das seine letzte Expedition würde. Er war ausgemergelt wie immer, und in seinen Augen hatte er die gleiche Entschlossenheit von früher, aber es schien ihm auf die Stirn geschrieben zu stehen, dass dies seine letzte Reise war, die, nach der er sich am meisten gesehnt hatte, aber eben die letzte. Ich war gerührt. Wir saßen in einer Bar, wo es nichts gab außer *Chicha*-Maisschnaps, und zwischen den verstaubten, klebrigen Tischen wälzte sich ein Springtamarin-Äffchen, das dem Wirt gehörte, im eingetrockneten Schlamm.

Jandl erzählte von zu Hause und erwähnte auch, wie man gerade begann, gewisse Maßnahmen gegen Zigeuner in die Praxis umzusetzen. Ich horchte auf. Johana. Wieder hatte ich die Zigeuner im KZ vor Augen. Meine eintätowierte Zahl begann nach Jahren wieder zu brennen. Ich sprach zum ersten Mal von Johana, ich musste es jemandem erzählen, der das Gleiche oder vielleicht noch viel schrecklichere Dinge durchgemacht hatte. Und der sich wie ich gerettet hatte und nun mit mir im Urwald saß und sich langsam mit Schnaps betrank. Jandl hörte aufmerksam zu. Ich sprach lange, die Erinnerungen sprudelten nur so aus mir heraus, sie sprangen umher wie Kiesel im Bach bei Hochwasser. Als ich fertig war, fühlte ich mich nicht viel besser, aber ich hatte das gleiche Gefühl wie damals im Erdkundekabinett, das Gefühl, von jemandem verstanden zu werden.

Er sagte, dass sie vielleicht besser dran sei, wenn sie tot war, denn jetzt dürfte sie nicht mit dem Fuhrwerk herumfahren, keine Pferde besitzen und den Leuten nicht mehr aus der Hand lesen. Sie müsste in irgendeinem Kuhkaff an einem Fleck herumhocken und in einer Fabrik arbeiten, wo man sie behandeln würde wie eine Aussätzige.

Mir wurde schwarz vor Augen. Damit hatte ich nicht gerechnet, ich hatte ja keine Ahnung, dass die Dummheit der Kommunisten jenseits aller Verstaatlichungen und politischen Morde solche Formen annehmen könnte. Johana in einer Fabrik. Sie war tot, aber die Vorstellung, wie sie am Fließband sitzt und Kleister auf Schuhsohlen schmiert oder Schrauben sortiert, war unerträglich. »Warum machen die das?«, presste ich hervor.

»Weil die Zigeuner genauso wie die Juden Nomaden sind. Menschen, die zu viel in Bewegung sind, sind potenziell ein Problem. Hier sind es auch die Wüstenindianer gewesen, die sie mit Hochgenuss ermordet haben, weil die nicht sesshaft waren«, erklärte mir Jandl das gut verständlich und in schulmeisterlichem Tonfall. »Jede Diktatur, auch die rechtsgerichtete hier bei euch, will die Menschen unbedingt zu einem übersichtlichen Haufen zusammentreiben, das ist der springende Punkt«, fügte er hinzu.

2

Nachdem sie mich halb totgeprügelt in die Baracke zurückgebracht hatten, hörte ich im Halbschlaf zwei Mithäftlinge miteinander flüstern. Sie erzählten sich von einem Zigeunermädchen, das Essen auftreiben konnte. Dann sah ich sie auch gelegentlich, jeder kannte sie, jeder lechzte nach ihr und ihrem Geschick. Es war eine Frage des Überlebens, aber es ging nicht nur ums Essen, sondern auch um Johana selbst. Das Zigeunerlager war eine Insel von einem anderen Planeten. Sie konnten ihre Lieder ganz leise singen, wie ein Blätterrascheln klang das, und in ihren Melodien, die manchmal in Frostnächten zwischen den bitterkalten Baracken hindurchschwebten, lag die ganze Wehmut und Hoffnung der polnischen Ebenen ringsum. Nein, sie erfreuten sich nicht an Kleinigkeiten, auf dumme und naive Weise, sie waren keine unwissenden Kinder. Sie waren eher wie Tiere in der Lage, instinktiv zu spüren, dass es längst vorbei war mit ihnen; sie machten sich keine Illusionen, sie lebten nur irgendwie immer weiter. Dass sie aus dem Räderwerk ausscherten, faszinierte mich. Ich kannte sie aus meiner Kindheit als Glücksspieler, als geschickte Handwerker, die alles Mögliche reparieren konnten, und öfters feilschten sie mit meinem Vater und meinem Onkel um Pferde. Ihre Frauen funkelten im Dämmerlicht der Scheunen mit Münzen und Versprechungen. Wie alle hatte ich Angst vor ihnen, und zugleich zogen sie mich an.

Einmal kam Johana in unsere Baracke. Um mit Essen zu handeln. Sie schaute mich mit gelben Wolfsaugen an. Sie flackerten im Halbdunkel der stinkenden Baracke, schweiften über die hölzernen Pritschen, und sie wiesen einem den Weg nach Hause, in die Welt der schlammigen Wege im Frühling, über die ächzend ein altes Fuhrwerk holpert. Ich liebte diesen Blick. Das Gelb ging manchmal ins Braune über und schaffte es unterwegs noch, sich in ein Grün zu verwandeln. Im gesamten Zeitraum unserer Liebe wechselten wir nur ein paar Sätze. Unsere Körper erzählten einander viel mehr. Einmal veranstalteten die Offiziere eine Orgie. Das war ihnen als »Rassenschande« strengstens verboten, aber unser Lager war viel zu unwichtig, abseits allen Geschehens, und das Ende des Krieges lag in der Luft. Sie suchten sich unter den Zigeunern Musiker und Jongleure aus, und Johana sollte ihren Partner selbst wählen. Es musste ein ansehnlicher junger Mann sein, nicht allzu auffällig, fügsam. Die Wahl fiel auf mich. Ich wusste, warum sie mich ausgesucht hatte, wir beide wussten es. Es war die einzige Chance zusammenzukommen, mit Hilfe unserer Körper zum Ausdruck zu bringen, was wir nicht in Freiheit aussprechen konnten, bei Stelldicheins zwischen Feldern oder in einem großen Garten im Frühling.

Ich und ein gieriges Bürschchen zogen sie ganz langsam aus. Zu diesem Anlass hatte man sie vorher in französische Spitze gekleidet und ihr einen winzigen geblümten BH angelegt. Ihr kahler Schädel, der lange Hals und der durchtriebene Blick ließen sie zu einem Modigliani-Modell werden, und all dies wurde von der absoluten Ruhe unterstrichen, die in jeder ihrer Bewegungen lag. Sie war geschmeidig wie eine Honigwabe, sie ließ uns nur so weit an sich heran, wie sie es wirklich wollte, und daran änderte auch die Uniform des SS-Manns nichts, die sorgfältig auf einem Stuhl in der Ecke zusammengelegt war.

Auch mich nahmen sie sich vor, aber mir wurde davon nicht etwa schlecht, wie ich es erwartet hatte, als mich Johana an die Hand nahm und zu meiner Beruhigung sagte: »Hinterher kriegst du was zu essen, viel Essen, wirst schon sehen.« Ich war mir sicher, dass hinterher höchstens der Strick auf mich wartete, aber sie erklärte mir, dass ich für einige dieser Totenkopfkerle genauso attraktiv sei wie sie, wenn nicht noch mehr, und dass sie mich in diesem Fall nicht sofort umbringen würden. Die Zwiespältigkeit dieses Zustands, in dem ich mich hingab, um zu überleben, um mich satt zu essen und um die Frau, der ich verfallen war, wenigstens irgendwie zu lieben ... Dort irgendwo hat meine Seele angefangen, hinter allem den doppelten Zerrspiegel zu suchen.

In keiner von diesen Nächten sagte sie mir, dass sie mich liebte oder dass sie wolle, dass wir das alles überleben; sie lächelte nicht, sie war nicht traurig. Sie war einfach nur ruhig. Ihre Ruhe wirkte nicht nur auf mich anziehend, sondern auch auf die verschreckten pickligen Jüngelchen in Uniform, die so wie wir nirgendwohin weglaufen konnten. Ich glaube, dass auch ihnen Johanas Augen den Weg nach Hause wiesen, in die Wälder rund um Berlin, an die seichten, kühlen Seen. Zum Schluss, wenn es keine Grenze mehr gab, die nicht übertreten worden wäre, musste Johana immer noch einmal ihre Kräfte zusammennehmen und tanzen. Wir haben alle darauf gewartet, wir lagen auf den zerknüllten Laken, die Knie umfasst, und sehnten ihren Tanz herbei, zu dem sie ein unverständliches Lied murmelte. Die Melodie erinnerte an das Krächzen von Nachtvögeln. An das Zischen von Nattern und die Schreie von Verstorbenen, die vom Blitz erschlagen wurden. Es war der warme Hauch der Sümpfe, die das Lager umgaben, der gefrorenen Nester. Sie tanzte barfuß in einem langen Rock, der ihr immer von den viel zu mageren Hüften rutschte. Sie schwenkte sie, schrie statt mit dem Mund mit ihrem kreisenden Becken. Sie war so viel sinnlicher als in den Momenten, wenn die Männer in sie eindrangen. Während des Tanzes wagte es kein Einziger, diesen Hüften zu nahe zu kommen. Wir stierten sie an wie eine Kobra, wie ein giftiges Reptil, vor dem man auf der Hut sein musste und das uns das Geheimnis des ewigen Lebens und des endlosen Todes verriet.

3

Nach einem der Tänze beschlossen die höheren Chargen, sich noch von Johana aus der Hand lesen zu lassen. Sie konnte nicht Deutsch, also musste ich dolmetschen. Voller Ernst nahm sie ihre Handflächen zwischen die Finger, Hände, die zuvor ihre Familie gequält und getötet und sie selbst so oft geschlagen und missbraucht hatten, und ausnahmslos allen prophezeite sie eine schwarze Zukunft. Ich dachte, sie würden sie anschließend sofort umbringen, ich rechnete mit Wut und Abscheu angesichts solcher Voraussagen. »Der Tod ist ganz nah. Oder weit weg«, sagte sie zu mir, als ich sie auf Tschechisch warnte, sie möge vorsichtig sein und solle sich wenigstens etwas ausdenken, das ein bisschen erfreulicher war. »Ich seh' aber nun mal die ganze Zeit den Tod in ihren Handflächen ganz nah, ich kann's nicht ändern«, lächelte sie mich an, und dann sagte sie: »Jetzt du.« Ich erschauderte. Ich wollte das nicht, ich hatte nie gewollt, dass mir jemand sagt, was mit mir wird. Außerdem war ich mir sicher, dass Johana tatsächlich in die Zukunft sehen konnte. Ihre Fähigkeiten waren durch die Grausamkeiten des Lagers, den Hunger und die sexuellen Eskapaden nur noch geschärfter. Ich streckte ihr meine Hand hin. »Du wirst sterben wie wir alle, aber nicht so bald. Dein Tod wird ein freier Tod sein. Niemand wird ihn dir befehlen, auch dein Schicksal nicht.« Voll Bewunderung blickte sie mich an und las ungläubig noch einmal in den Linien meiner Hand. »Dein Tod wird dir allein gehören.«

Erstaunlicherweise brachten sie sie danach nicht um. Wie oft ich Johana und Johana mich noch mit den blonden Männern teilen musste, weiß ich nicht mehr. Immer habe ich mich nach jenem letzten Tanz gesehnt, wenn ich ihr gemeinsam mit den Anderen zusehen konnte und wusste, dass in diesen wenigen Augenblicken keiner losbrüllt, dass kein Schuss fällt und dass kein Gefangener sterben muss.

Mich selbst kann ich nicht geben

(Lena)

1

Ich ging nicht mehr nur regelmäßig zur Tankstelle, sondern auch zu diversen anderen geselligen Beisammensein, die zum Zweck der Jagd auf Roberto veranstaltet wurden. Ich war jetzt eine der Mitbewerberinnen und musste nun die Regeln dieses tückischen Spiels einhalten. Meine neuen Freundinnen erzählten sich, wie toll Roberto im Bett war, was er ihnen alles versprochen hat, aber auch, dass er jeder von ihnen immer wieder gesagt hat, dass er nicht die Absicht hat, jemals zu heiraten. Zwischen mir und diesen Mädels gab es einen wesentlichen Unterschied, und gerade das schien Roberto für mich einzunehmen. Ich hatte den Horizont eines Mädchens, das vor kurzem aus der Großstadt hierher gekommen war. Er selbst sehnte sich wie alle Hinterwäldler nach der Stadt, auch wenn er sich das nicht eingestehen wollte. Wenn er Waren einkaufte, trat er unsicher von einem Bein auf das andere, er wusste nicht recht, wie er sich bei geschäftlichen Besprechungen anstellen sollte, die manchmal in Nobelrestaurants stattfanden. Er besorgte sich stapelweise Zeitschriften zu den letzten Neuerungen der Tierhaltung, zu Politik und Kunst. Darüber berichtete er dann den Hühnern auf seinem Hof, die ihm allerdings nur mit halbem Ohr zuhörten, weil ihnen für die Reportagen vom Jupiter eben doch jegliches Verständnis fehlte. Mit mir konnte er über alles sprechen, was ihn an der Stadt faszinierte; er fragte mich aus, wie Menschen in Slums leben konnten, weil ich ihm von einer Zeit in meinem Leben erzählt hatte, als ich verrückt genug war, für eine karitative Organisation zu arbeiten. Wir verteilten Medikamente in den übelsten Favelas. Als ich mir eingestehen musste, dass ich das alles nur tat, um meiner Mutter zu beweisen, dass ich es auch ohne sie schaffte (die Organisation verfügte über ein Holzhaus mit ein paar Betten, und ich arbeitete für Kost und Logis), ließ ich es bleiben. Diese Erinnerungen kamen mir jetzt gerade recht, für eine Weile konnte ich damit Robertos Interesse wecken. Außerdem hatten wir die gleiche Zeitschrift abonniert, sodass wir uns regelmäßig über Politik und die neuesten Ereignisse unterhalten konnten, ohne dass ein Risiko bestand, dass eine meiner Nebenbuhlerinnen dazwischenfunkte, denn alle anderen Mädels guckten im Fernsehen immer nur Telenovelas.

Roberto begann, Englisch zu lernen, und immer öfter brauchte er meine Hilfe, um die Texte in den englischen Viehzucht-Zeitschriften zu entschlüsseln, die ich mir bei meinen gelegentlichen Fahrten nach São Paolo kaufte und ihm dann ausborgte. Roberto wollte mir lange nicht glauben, dass ich meine Cowboys echt im Griff hatte. Also kam er sich die Farm angucken. Er blieb ein paar Tage, wir ritten durch die ausgedorrte Landschaft, und nach dem Regen entdeckten wir im Schlamm die Spuren eines Jaguars. Ich war mir sicher, dass der nicht nur Tapire am Fluss jagte, sondern dass er vor allem mein Kalbfleisch futterte. Wir brachen zu nächtlichen Exkursionen auf, um die Raubkatze, die zu jagen streng verboten war, wenigstens zu vertreiben und von den Herden fernzuhalten. Roberto war in diesen Augenblicken so nah, und ich wusste, dass das meine Chance war, denn keine der anderen Mitbewerberinnen war ein Cowgirl, hatte eine Farm oder konnte im Sattel mit Roberto mithalten. Das hob mich vom Haufen ab, und zugleich spürte ich, dass es mich auch von Roberto entfernte. Er begann, Angst vor mir zu kriegen. Ich hätte zwar anders sein sollen, aber auch wieder nicht so sehr; die Cowboys hätten mir gehorchen sollen, aber nur zum Schein. Ich hätte nach der Arbeit mit ihnen kein Bier trinken und nicht rauchen sollen, ihnen nicht ihre verletzten Finger verpflastern und fluchen sollen wie sie. Ich hätte nicht diese natürliche Autorität haben sollen, die redlich und Stück für Stück erarbeitet war. Ich hatte gedacht, dass ich ihn endlich kriegen würde, doch stattdessen habe ich ihn bloß verschreckt. Der Gipfel war dann, dass ich mich nicht dazu bringen konnte, wenigstens ein bisschen mit ihm zu flirten. Ich war nicht in der Lage, verführerisch mit dem Arsch zu wackeln, was mir bei jedem Anderen keinerlei Probleme bereitet hätte; ich war unfähig, neckisch eine Augenbraue hochzuziehen, wenn er irgendeine anzügliche Bemerkung machte. Stattdessen legte ich zynisch noch einen Zacken schärfer nach. Es war zum Verzweifeln. Ich merkte, wie er sich entfernte, wie durcheinander er war, wie er mich mit dem gleichen Hass musterte wie meine Cowboys, als sie mich nach meiner langen Abwesenheit zum ersten Mal wieder auf der Farm gesehen haben.

Auf einmal war ich wahnsinnig müde. Von meinem schwachsinnigen Streben nach dieser männlichen Trophäe. Ich bat ihn, nach Hause zu fahren, er möge sich melden, wenn er den Zuchtstier haben wolle; den würde ich ihm, wie versprochen, verkaufen. Er setzte sich in seinen Jeep und fuhr ab.

Ich ließ mich lange nicht im Städtchen blicken. Die Mädels riefen mich an und luden mich zu Geburtstagsfeiern ein, Bekannte von den umliegenden Farmen wollten, dass ich bei irgendeinem Streik für eine Senkung der Saatgutpreise mitmachte, aber ich ging allen aus dem Weg. Ich wusste auf einmal nicht mehr, ob Roberto es wert war, dass ich mich selbst aufgab. Ich erkannte, dass er trotz aller Extravaganzen in der Wildnis aufgewachsen war, aus der er nie einen Schritt hinaus gesetzt hatte. Er hatte lediglich eine Ahnung, dass er mehr wollte, dass seine Träume mutiger und seine Pläne ambitionierter waren. Darin verstand ich ihn, aber ich war mir nicht sicher, ob ich zu einer weiteren seltsamen Leidenschaft in seinem Repertoire werden wollte, oder ob ich darum kämpfen würde, dass er mich tatsächlich schätzen lernte.

2

Und dann kam diese seltsame Frau mit ihren Schlappen und dem zerknautschten Basecap in unsere Gegend, und ich hörte ihr zu. Nicht, dass ich irgendwas auf solches Zeug gegeben hätte. Und jetzt, nach der Zeit in Prag, wo man schon das Läuten der Loretto-Kirche beinahe für Aberglauben hält, sehe ich all diese übernatürlichen Geschichten mit etwas anderen Augen. Mit mehr Distanz. Bloß hätte neuerdings irgendwer meine Mutter und mich gern tot gesehen. Das war nichts Besonderes. Nicht nur auf dem Land, sondern vor allem in São Paulo und den großen Städten. Wenn einem jemand dermaßen gegen den Strich geht, dass man sich wünscht, dass er stirbt oder ihm etwas ganz Furchtbares passiert, bestellt man sich ein Macumba-Ritual. Es kann die unterschiedlichsten Formen haben, vom Hahn ohne Kopf bis zur Voodoo-Puppe, nur eins ist wichtig: Es muss funktionieren. Es ist ein gegenständlich gewordener Fluch, und von Schwarzer Magie, die vor ewigen Zeiten auf den Sklavenhändlerschiffen hierher gebracht worden ist, leben jede Menge Menschen.

Eines Morgens öffnete meine Mutter die Tür, eine Tasse Kaffee in der Hand, den sie im Garten trinken wollte, ehe die Vormittagshitze kam, und stolperte über einen Lehmklumpen, durch den die Dornen einer Riesenakazie gesteckt waren. Wütend wollte sie das Ding beiseite treten, aber ein Dorn bohrte sich in ihren Schuh. Sie erkundigte sich bei Josefa, unserer Aufwartefrau, was zum Teufel das sein sollte. Josefa kreischte auf, fing an, sich zu bekreuzigen, und rückte meiner Mutter auf den Leib, um ihr schleunigst ihr eigenes Medaillon mit der Jungfrau Maria als Beschützerin um den Hals zu hängen. Meine Mutter fluchte, schlug Josefas Hand weg und betrachtete sich den Batzen aus eingetrocknetem Schlamm eingehender. Sie stocherte mit einem Messer darin herum und fand im Innern ein angesengtes Stück eines Fotos von uns beiden. Ich kam gerade von der Jungkuh-Impfung zurück, völlig fertig und verschwitzt, und war nicht in der Stimmung für lange Reden. Allerdings hatte es meine Mutter noch nie so kurz und knapp auf den Punkt gebracht: »Da will uns wer umbringen.«

Schon wieder?, dachte ich. Es war schwer, die Farm gegen raffgierige Nachbarn zu behaupten, gegen die Überfälle wild gewordener Moskitos in der Regenzeit, gegen Raubtiere und gegen die Faulheit der Cowboys.

»Jemand hat uns was geschickt und meint das wahrscheinlich ernst. Was machen wir jetzt?«

Ich sah mir die stachlige Kugel an, und mir wurde schlecht, vor allem, weil mir bewusst wurde, dass jemand das Foto von uns aus unserem handgeschnitzten Familiensafe geklaut haben musste, der erstens gut versteckt war, und zweitens war es beinahe unmöglich, dass jemand ins Haus konnte, wo es doch von unseren beiden riesigen Doggen bewacht wurde. Der Dieb hätte sie zuerst erschießen müssen, denn sie hätten jeden gefressen, den sie nicht kannten und der versucht hätte, sich Zutritt zu verschaffen.

Es war sonnenklar, doch überstieg es das Maß von Josefas Vorstellungskraft. Sie arbeitete fast zwölf Jahre bei uns, und noch nie hatte es Streit gegeben, allerdings hatten wir ihr auch nie eine Lohnerhöhung gewährt. Josefa war eine liebe, streng gläubige pummelige Schwarze, die nach wildem Knoblauch roch. Sie stammte aus Rio, und meine Mutter hatte sie gerettet, als sie durch den Rand der Peripherie fuhr und Josefa ihr völlig mit Drogen zugedröhnt vors Auto geriet. Sie wusste nicht, wohin. Ihr Mann hatte sie erschießen wollen – irgendeine von diesen unsinnigen, hysterischen Streitereien, wie sie hier, im Schoß der Hoffnungslosigkeit namens Favela, an der Tagesordnung waren. Er hatte keinen Job, seine Frau hatte ihn schief angesehen, also zückte er seine Pistole, aber Josefa war schneller und schaffte es, sich bei Nachbarn zu verstecken. Dann wusste sie nicht, wohin. Kinder, die mitten in einer großen, dreckigen Pfütze saßen, borgten ihr etwas von ihrem eigenen Klebstoff zum Schnüffeln, und ihr war dann, als würde sie direkt ins Paradies purzeln. Was stimmte, denn meine Mutter bot ihr eine Stellung als Aufwartefrau an und war wirklich nett zu ihr. Jahrelang schienen wir Josefa überhaupt nicht zu bemerken. Ab und zu ruinierte sie mir in der Waschmaschine ein T-Shirt, weil sie nicht in der Lage war, sich zu merken, mit welchem Programm man weiße und mit welchem bunte Sachen wäscht. Und manchmal vergaß sie, den Doggen Futter zu geben, was wiederum meine Mutter ärgerte. Ansonsten jedoch arbeitete sie in ihrem Schneckentempo vom Morgen bis zum Abend, sang »The Girl From Ipanema« vor sich hin, und ich hatte nicht den Eindruck, dass sie uns je gehasst hätte. Bloß kam niemand sonst in Frage. Irgendwer musste ihr was weisgemacht haben, zum Beispiel, dass meine Mutter irgendeine schwere Krankheit hat und eine geheime Beschwörung braucht, dass sie nur so wieder gesund wird. Das hätte Josefa bestimmt geglaubt. Abergläubisch war sie mehr als genug, sie nannte es zwar Glaube, aber in einer Tour küsste sie ihr Medaillon, und zu Hause hatte sie einen Stoß Heiligenbilder. Da es weit und breit keine Kirche gab, fuhr sie einmal im Jahr zu religiösen Zusammenkünften irgendwelcher Verrückter, die sich fünf Tage am Stück vor einer portugiesischen Kirche im Staub wälzten.

Manchmal hatte sie auch einen Anfall von Reumut, sie machte sich Vorwürfe, dass sie ihren Mann verlassen hatte und nun mit zwei durchgeknallten Weibern im Dschungel lebte. In diesen Zuständen zerwühlte sie sich dann ihre Haare und kroch auf Knien den schmalen Pfad entlang, wo es unter dem Laub Unmengen von kleinen, hochgiftigen Schlangen gab. Sie wollte eine fulminante Dummheit begehen, aber meine Mutter kannte sie ja, und sobald sie sah, wie Josefa auf der Schwelle in die Knie ging, schluchzte und ihr die Haare in alle Richtungen flogen, gab sie den Doggen ein Zeichen, und die ließen sie nirgendwo hin: Sie knurrten sie an und stupsten sie mit ihren silbrig grauen Körpern so lange an, bis sie es sich anders überlegt hatte.

3

Josefa saß auf den Stufen vor der Küche und sah aus wie der Tod. Ihr volles Gesicht war nicht mehr schokoladenbraun, sondern spielte in allen Nuancen von Aschgrau. Sie rollte verzweifelt mit den Augen. Meine Mutter ließ sie mit Fragen in Ruhe, und ich auch. Wir wussten alle drei, dass sie das Foto nicht aus Rache gestohlen hatte, sondern weil jemand ihr irgendeinen Unsinn eingeredet hatte, und sie hatte ihm geglaubt. Die Frage nach dem Wer und Was war unnötig, denn ein Macumba-Ritual konnte man nicht ungeschehen machen, und derjenige, der es bezahlt und den Beschwörer angeheuert hatte, konnte den Fluch nicht widerrufen, selbst wenn er es gewollt hätte. Das Macumba-Ritual ist Ausdruck höchsten, sozusagen heiligen Hasses. Meist wird es von Frauen angewandt, die sich aus verschmähter Liebe an ihren Liebhabern rächen wollen, oder Großgrundbesitzern, die kleinere Eigentümer von Boden vertreiben wollen, um ihren eigenen Besitz vorteilhaft ausweiten zu können. Das Macumba-Ritual ist zwar beliebt, aber auch gefährlich, denn wenn es in die falsche Richtung zielt, kann es sogar dem Auftraggeber selbst schaden.

Meiner Mutter und mir fiel eine gemeinsame Bekannte aus São Paulo ein. Sie hatte einen Mann geheiratet, von dem sie nicht wusste, dass er sich erst vor kurzem von einer anderen getrennt hatte. Die nun suchte unsere bereits verheiratete Bekannte auf und verkündete ihr, dass sie es nicht ertragen werde, dass ihr Ehemaliger glücklich war, und sie warf ihr die obligatorische durchbohrte Puppe vor die Tür. Unsere Bekannte war kein Dummerchen, sie war weder abergläubisch noch religiös. Ihre Eltern stammten aus Holland, sie war wohlhabend und hatte in den Vereinigten Staaten studiert. Sie nahm die Puppe, feixte und schmiss sie in den Müll. Ihrem Mann sagte sie nichts, für sie war der Fall erledigt. Seit jener Zeit leidet sie an unerklärlichen grausamen Migräneanfällen, gegen die kein Medikament hilft, und ihr Mann sieht jedes Mal, wenn er sich aufs Bett setzt, neben sich eine durchsichtige schauderhafte Gestalt. Nichts hilft, kein weiterer, vielleicht mächtigerer, vor allem aber teurerer Beschwörer, kein Medium und kein katholischer Priester. Ihre einzige Hoffnung ist angeblich, weit wegzuziehen, wo die Puppe keine Möglichkeit hätte, weiter zu wirken. Sie müssten also ihr Haus verkaufen und ganz woanders ganz von vorn anfangen. Bis jetzt haben sie es nicht getan.

Meine Mutter fluchte, ungefähr zehn Minuten wetterte sie in einer Tour, und ich sagte mir, dass ihre Schimpfkanonade unsere eigene Macumba glatt hätte aufheben können. In der Nacht lauschte ich den Geräuschen des Dschungels, vor den Netzen in den Fenstern war alles so nah, der träge, trübe Fluss, in dem Wasserschweine genauso schwerfällig und schleppend ihr Bad nahmen, Frösche krächzten und Milliarden von Moskitos summten. Ich dachte an diejenigen, die Schwarze und Weiße Magie betrieben. In einem Land mit unendlichen Kombinationen von Einflüssen, die kamen, um zu bleiben. Die Sklaven, die mit Gewalt im Urwald und auf Plantagen gehalten wurden, mussten sich eigene, immaterielle Waffen ausdenken. Die Indianer hatten seit jeher die verschiedensten schamanischen Techniken genutzt, und der unversöhnliche Hass der portugiesischen Priester rüttelte all dies durcheinander wie in einem riesigen spirituellen Shaker. Zu diesem Cocktail kamen dann noch die animistischen Gottheiten der asiatischen Zuwanderer, der Buddhismus, der Islam und die lustigen gesungenen evangelischen Messen hinzu. Das alles lief Punkt für Punkt in meinem Kopf ab. Jede Richtung verband ich mit irgendeinem bekannten Gesicht: Den Nachbarn in Paulo, der zu den Protestanten ging. Meine katholischen Mitschüler, die immer hinter den buddhistischen Asiaten zurückblieben. Die Farbigen aus den Favelas, die

Candomblé betrieben. Meine Mutter hat mir aber immer gesagt, dass es nur einen Gott gibt, und jeder hat ihn in sich, und man muss nicht groß darüber nachgrübeln, wie er heißt, und anbeten muss man ihn schon gar nicht. »Da drin hast du ihn«, sagte sie und bohrte mir den Finger in den Brustkorb.

Macumba ist global und zeitlos ... und ... Vor allem ist das Ganze lächerlich. Ich beschloss, den Vortrag abzubrechen, den ich mir selbst gehalten hatte. Ich stand auf und fand meine Mutter vorm Fernseher, in den sie völlig kaputt hineinstierte. Gelegentlich hüpfte das Bild, und meine Mutter schluchzte. Das alles war zu viel für sie. Bloß wusste ich schon, wie wir diese Sauerei loswerden könnten. »Mami, wir müssen aufhören, uns zu fürchten, aber vor allem müssen wir unseren eigenen Tod oder unsere Vernichtung, oder was uns diese Arschlöcher an den Hals wünschen, immerzu vor Augen haben. Wir werden das nicht einfach abtun, im Gegenteil, wir postieren diese blöde Kugel irgendwo an einer gut sichtbaren Stelle und denken ganz oft an sie und verhalten uns so, als ob ihre Wirkung tatsächlich demnächst einsetzt. Wir denken eben daran, dass sich der Tod an uns ranschleicht.«

Meine Mutter guckte mich ungläubig an. »Wie bitte? Und wieso eigentlich?«

»Weil wir uns dann an das Gefühl gewöhnen, wir ducken uns nicht weg, vielleicht wirkt es dann auch nicht.«

Wir waren sowieso nicht in der Lage, uns etwas Schlaueres auszudenken, also haben wir es so gemacht. Die Einzige, die dabei fast wahnsinnig wurde, war Josefa. Ich glaube, dass sie uns an dem Morgen, als ich diesen komischen Gegenstand in der Hand hielt, von dem trockener

Schlamm abbröckelte und aus dem das angesengte Foto von uns herausragte, zum ersten Mal und wirklich hasste. Sie kletterte auf den nächstbesten Lastwagen und fuhr in die Stadt, wo sie sich eine andere Arbeit suchte. Alle waren erleichtert. Die Doggen kriegten jetzt regelmäßig Futter, meine T-Shirts landeten nicht mehr im Mülleimer, und für Josefas eingespartes Gehalt kauften wir neue Stiere. Die Macumba-Kugel thront bestimmt auch jetzt noch auf dem Regal über Mamas Bett. Bestimmt begutachtet meine Mutter sie jeden Abend gründlich und wartet, dass sie anfängt zu wirken. Da Josefa nicht auf der Farm ist, kann sie aber niemand darin bestärken, und ich bin froh, dass ich diese schlichte, aber rettende Idee hatte.

4

Es war einfach irgendwie zu viel. Die Schlappen-Basecap-Geistertussi hat mir vorausgesagt, dass ich den Mann im grünen Hemd, falls ich ihm das geben würde, was er am meisten wollte, nie heiraten würde. Das, was er am meisten wollte, war angeblich ich. Wer soll sich da noch auskennen? Nachdem er länger zu Besuch gewesen war und wir einiges an Zeit zusammen verbracht hatten, bin ich aber dahintergestiegen. Dieses Höllenweib ist gar nicht mal so daneben gewesen. Bestimmt hatte sie im Städtchen gehört, dass ich hinter Roberto her war, so wie alle anderen. Und dass er ein grünes Hemd anhatte, wusste auch jeder. Es wollte mir nur nicht in den Kopf, wie sie darauf gekommen ist, dass ich Angst habe, das zu verlieren, was ich so lange gesucht hatte, in den Favelas, auf meinen mehrtägigen Kneipentouren durch die Stadt, in den endlosen Stunden im Sattel, bei alltäglichen Treffen von Entscheidungen, die meine Arbeit betrafen und das Leben tausender Tiere. Ich brauchte Zeit, ich wollte mir überlegen, wie weit ich in meinem Umfeld aufgehen wollte, in dem jeder, aber auch jeder Mann cleverer, stärker und vor allem mächtiger sein wollte als eine Frau.

In der Großstadt galt das nicht, dort waren meine Sehnsüchte nichts Besonderes, die Männer eine bunte Mischung, ein Potpourri von Traditionen, eingearbeitet in einen verlockend bunten Teig von Möglichkeiten, und ich brauchte keine Angst zu haben, mich etwa nicht entscheiden zu können. Bloß – dann kam die gemeinsame Entscheidung von mir und meiner Mutter, wegzugehen und zu versuchen, auf der Farm zu leben, an einem Ort, den wir wie verrückt liebten, wo wir beide aufgewachsen waren. Sie in einem kleinen gelb gestrichenen Haus, in dem sich fünf Farmerskinder drängelten, und ich dann jedes Jahr in den Ferien mit meinem Großvater, meinen Cousins und den Cowboy-Jungs.

Die Männer in der Stadt, mit denen ich mich traf, mit denen ich trank und ab und zu Drogen nahm, waren meist schlau und interessant. Wenn ich einen von ihnen auf die Farm einlud, machten sie einfach einen ökotouristischen Ausflug daraus, gefallen hat es ihnen sehr, bloß diese Hitze, diese Moskitos, Schlangen und Kaimane ... Schön fürs Wochenende, und dann: Du weißt schon, das ist viel zu rustikal, das ist viel zu weit, hier gibt's ja nicht mal ein Kino. Sicher, sie hatten Recht. Bloß war ich genau dort glücklich. Okay, nicht ganz, weil das mit Roberto nicht so gut lief und weil ich nicht dazu geboren war, die Mutter Oberin in einem Frauenklosters namens »Farm zur schönen Aussicht« zu werden. Die Cowboys kamen nicht in Frage, denn kaum hätte ich es ab und zu mit einem von ihnen getrieben – und nicht, dass ich keine Lust dazu gehabt hätte –, dann hätte das nur Zwietracht gesät. Der Betreffende hätte sofort angefangen, sich als was Besseres zu fühlen, und hätte die anderen niedergemacht. Ein Riss in der mühsam errungenen Harmonie. Und ich wollte auch nicht mit irgendwem nur ins Bett, vor allem wollte ich jemanden zum Reden. Über alles Mögliche.

Die Liebe passiert einem manchmal einfach

(Marta)

1

Blauauge und ich gingen jeden Tag in einen winzigen Imbiss neben der Nervenklinik. Ich aß immer zwei belegte Brote mit Schinken und eine Milena-Waffel mit Nussfüllung. Blauauge sagte dazu »Martas Autistenmenü«. Er nahm abwechselnd Essigwurst oder Rollmöpse und dazu eine große Kofola vom Fass. Wir saßen an Plastiktischen, und Blauauge erzählte mir, was das für ein Fortschritt sei, dass die Tische nun sauber waren und der ganze Raum nicht mehr nach ranzigen Hotdogs duftete wie zu seiner Studentenzeit. Dafür roch es nach verbranntem Fett vom panierten Käse und Blumenkohl. Uns gefiel es dort, weil außer den Patienten sonst niemand dort hinging. Die Ärzte aßen schräg gegenüber in einem neuen Restaurant, wo es Gerichte inklusive Beilage und Dessert für fünfzig Kronen gab, und Patienten tauchten nur selten auf und trollten sich auch bald wieder, wenn sie bemerkten, wie wir uns unterhielten. Blauauge diente mir als Quelle für Informationen, nach denen ich vor Jahren in São Paulo gedürstet hatte. Meine Mutter hat mir nur lauter Legenden über die Erste Republik erzählt, und ich hatte den Verdacht, dass sie selbst nicht daran geglaubt hat. Sie war damals jung und begehrenswert gewesen und malte sich eine denkbar großartige Zukunft aus. Dann war der Krieg gekommen, die Kommunisten und ihre Flucht mit dem Buchhalter. Von dem Punkt an gab es nur noch eine einzige große Dunkelheit. Ich hatte unablässig darin herumgestochert, hatte sogar die kommunistischen Zeitschriften gelesen, die wie eine ironische Anmerkung auf den schweren Plüschsesseln im *Nový-Slovan*-Klub herumlagen und die meine geflohenen Landsleute von der tschechoslowakischen Botschaft aus der Hauptstadt geschickt bekamen.

Die Artikel in diesen Zeitschriften erinnerten an unsere linksgerichteten Dissidentenmagazine, die heimlich verlegt wurden und bei Studentendemonstrationen von Hand zu Hand gingen. Die Militärdiktatur war ganz versessen auf sie, und nicht weniger versessen war sie auf ihre Autoren. Wenn sie welche ausfindig gemacht hatte, schickte sie sie nach *Ilha da Prata*, Silberinsel, ein tropisches Gefängnis, das so gebaut war, dass die Köpfe der unterirdisch festgebundenen Gefangenen von der Flut umspült wurden. Nach einiger Zeit verloren sie den Verstand. Nie hat jemand nach ihnen gesucht, mit der Flut waren sie verschwunden. Fische haben sie gefressen, oder Seejungfrauen haben sie auf ihrem Rücken in befreundete kommunistische Länder gebracht.

2

Blauauge erzählte bereitwillig. Von seinem Pionierversprechen, von seinen Schwierigkeiten, sich das rote Halstuch richtig umzubinden, und von seinem Vater, der Primar einer Entzugsklinik war und bei dem er aufwuchs, weil seine Mutter, als er fünfzehn war, an Krebs gestorben war. Einmal lud uns der Vater zum Abendessen ein. Wir trafen uns in einem nichtssagenden Lokal in der Nähe meines Plattenbauviertels. Blauauges Vater schielte ständig zum Tisch gegenüber, an dem ein aus dem Fernsehen bekannter Sänger saß. Als der eine Flasche Rotwein bestellte, erhob sich der Doktor, baute sich vor dem Sänger auf und gab ihm eine saftige Ohrfeige, dass ihm das Blut aus der Nase rann.

»Wer war denn das?«, fragte ich, weil ich in meiner Wohnung keinen Fernseher hatte.

»Ein Patient«, flüsterte Blauauges Vater entschuldigend.

Sie waren sich sehr ähnlich. Hinter den sanften Gesten und dem introvertierten Naturell verbarg sich eine ungeahnte Menge an ironischer Energie. Wenn Blauauge mit seinen Erzählungen über den Kommunismus am Ende war, übernahm sein Vater den Staffelstab. »Ich sehe erst jetzt, was wir für schreckliche Feiglinge waren. Ich hatte Angst zu emigrieren. Ich hätte es gekonnt, nach einem Kongress in Jugoslawien wär's wahrscheinlich gegangen, aber ich konnte mir nicht vorstellen, wie ich dann irgendwo als Taxifahrer arbeite. Ich war mitten in der Dissertation, meine Patienten haben auf mich gewartet, ich konnte das nicht einfach alles stehen und liegen lassen, so wie deine Eltern.« Er sah mich irgendwie bewundernd an.

»Meine Eltern haben sich scheiden lassen, meine Mutter ist unerträglich verbittert und weiß nicht, wer sie ist und wo sie hingehört. Ich kenne nicht viele glückliche Emigranten, auch nicht bei denen, die super Fuß gefasst haben. Die haben sich das nicht aussuchen können. Sie sind nicht los, um irgendwelche neuen Erfahrungen zu machen, und auch nicht freiwillig. Das Gefühl, dass ihnen jemand Unrecht zugefügt hat, ist geblieben, und ihre Dämonen sind manchmal so verdreht, dass ich mich frage, ob sie nicht besser dort geblieben wären, wo sie hergekommen sind.«

Wir schwiegen lange. Offenbar hatte ich eine fragile Vorstellung über das Heldentum von Abschied und Flucht niedergerissen. Die Helden waren in meinen Augen sie, weil sie geblieben waren. Und das Ganze interessierte mich sehr, schließlich kämpfte ich mit den gleichen Problemen, obwohl ich mir das nach zwei Jahren Prag noch nicht eingestehen wollte. Ich weiß nicht, wo ich leben und was ich tun werde und wo mich die Welt in sieben Jahre hinwippt.

Als hätte Blauauges Vater meine Gedanken gelesen. »Und du? Kommst du dir hier in Prag nicht ein bisschen entwurzelt vor, alleine, weit weg von allem, was du kennst?«

Nein, das nicht, so kam ich mir nicht vor, weil ich gerade die Fäden meiner Vergangenheit entdeckt hatte, die mich mit meiner Mutter verbanden, die so dünn und zart waren, dass ich fast Angst hatte, Luft zu holen, damit sie nicht rissen. Ich wusste, dass ich ihr nichts von dem, was ich über diese vierzig Jahre Dunkelheit erfahren hatte, erzählen könnte. Sie würde mich dauernd unterbrechen, unflätig fluchen, mich gelegentlich anschreien, dass ich mir das nur ausdenke, dass sich die Tschechen, ihre geliebten Tschechoslowaken doch nie so hätten erniedrigen können.

Für mich war das Prager *Jetzt* wichtig. Ich hatte eine Spur gefunden, der ich nun folgen konnte. Auf einmal wusste ich, dass durch das Verrühren meines brasilianischen Ichs mit einem Tröpfchen tschechischer Essenz etwas absolut Neues entstünde, das mich noch hoffen ließe, nicht an meiner Unentschlossenheit und meinem eigenen Unvermögen, etwas aus mir zu machen, zu ersticken.

3

»Wie haben Sie es geschafft, Vladimír alleine großzuziehen?«, erkundigte ich mich höflich wie ein braves Mädchen (ein Wunder, dass ich mir dabei nicht noch den Rock glattstrich!) nach Blauauges Kindheit. Ich tat das eher aus Höflichkeit, als dass es mich tatsächlich interessiert hätte, ich war viel begieriger darauf, mir erzählen zu lassen, wie man nach Büchern und Südfrüchten Schlange gestanden hatte, aber ich hatte mitbekommen, dass diese schmählichen Erinnerungen sie eher langweilten.

»Er war fünfzehn, ich wusste, dass das nicht einfach wird, also hab ich ihn mit zu meinen Diensten genommen, er ist mit mir in den Ausnüchterungszellen gewesen, und ich hab das deswegen getan, damit er sieht, was eine Abhängigkeit egal wovon mit einem Menschen anrichtet. Ich hab ihn auch auf die sexuologische Abteilung zu einem Kollegen von mir geschickt, damit der ihm das erzählt, wovor ich mich geschämt hab.«

Vladimír Blauauge saß auf einmal ganz still da und verbog seinen Daumen ganz unnormal. »Das war furchtbar. Was hätte ich dafür gegeben, dass ich nichts davon hätte hören und sehen müssen«, seufzte er.

»Ja, ja, ich weiß, Eltern machen immer alles falsch«, sagte sein Vater beleidigt.

Und dann mussten wir los: Beide hatten wir Nachtdienst, und ich hatte riesige Lust, etwas Neues zu stricken, das weder ein Schal war noch ein Kleid. Also strickte ich einen einfarbigen grauen Poncho, einen ähnlichen hatte ich einmal bei einer Klassenfahrt in Chile gesehen.

Blauauge kam am Morgen, kuschelte sich zu mir in die Federn und schlief sofort ein. Ich machte mir einen *Cafezinho* und guckte mir die Schneeflocken an und die kahlen, minimalistischen Plattenbauten, die so sehr an Oscar Niemeyer erinnerten, mit dessen Architektur der Fortschritt in Brasilien Einzug halten sollte. Der kam dann mit erheblicher Verspätung, aber seine in Beton gegossene Poesie verzauberte mich genau so wie alle Brasilianer, und ich konnte nicht so recht begreifen, warum Blauauge von Plattenbauten Depressionen bekam und sagte, dass man sie abreißen sollte. Wenigstens rutscht bei ihnen nicht nach jedem Regen der Boden weg wie an den Hängen der Favelas, und es gibt Straßennamen, und der Krankenwagen kommt, wenn ihn jemand braucht. Unser Glück war schlicht und geradlinig, und ich war froh, dass Blauauge es dank seiner Erfahrungen mit den Neurosen, den Hypochondrien und dem Wahnsinn seiner Patienten in keiner Weise verkomplizierte. Wir redeten stundenlang, brachten unsere Welten näher zusammen, füreinander und für uns selbst; wir verflochten uns mit unseren eigenen Geschichten, die wir wie bunte oder graue Maschen mit einer Stricknadel aufnahmen. Wir hatten Geduld miteinander, wir wussten, dass dies hier das Einzige war, was sich in unserem Leben gerade auszahlte. Ich konnte stundenlang stricken und auftrennen, und er konnte über Tage und Nächte derselben manischen Patientin zuhören, die ihm ständig ein und denselben Traum erzählte, immer wieder von vorn.

Lena traf ich in der »Periode Blauauge« wirklich nur bei Maruška, und gelegentlich schaute sie vorbei, damit wir über ein Muster für einen Schal oder einen Poncho reden konnten – letztere verkauften sich jetzt richtig gut, ich hatte sogar das Gefühl, dass ich die Arbeit in der Bar komplett bleiben lassen könnte, die mir auf die Nerven ging, weil ich mich mit den Gästen unterhalten musste. Mir fiel allerdings auf, dass auch Lena gerade irgendetwas Neues durchmachte. Sie las viel, ging immer öfter ins Kino und schrieb sich für Vorlesungen an der Fakultät für Veterinärmedizin ein. Ich mochte sie mehr und mehr. Außerdem verband uns die Geschichte der beiden alten Frauen, die herausfinden wollten, wie sehr sie ihr Spion Jaromír missbraucht hatte. Es war unser großes Thema, obwohl die beiden nach mehreren Monaten langsam keine Dolmetscherinnen mehr brauchten. Wir besuchten uns ständig oder gingen mit ihnen in Archive und fuhren aus Prag hinaus, um über die Hügel im Land von Maruškas Kindheit zu streifen.

Die Terrasse

(Lena)

Mir gefiel die alte Holzterrasse, die zu Ludmilas Wohnung gehörte. Vor langer Zeit war sie vielleicht einmal verglast gewesen, mit Scheiben aus Quarzglas, damit sich in den Dreißigerjahren die feinen Damen dort treffen und ihre nackten Körper bräunen konnten. Wer weiß. Ludmila behauptet jedenfalls, dass es so war. Jetzt liege ich dort nackig in der Sonne, ab und zu landet ein Tagpfauenauge auf meinem Fuß, ich schüttle es sanft ab und lese weiter. Ich bin in die tschechische Literatur hineingeplumpst wie in tiefes, kaltes Wasser. Marta versucht, aus Vladimír und seinem Vater alles über die kommunistische Zeit, die wir nicht miterlebt haben, herauszuholen, und ich erfahre alles aus den Büchern. Ludmila will nicht groß über die Zeit reden; sie beschränkt sich darauf, dass die Kommunisten widerliche Idioten waren und dass es nichts zu kaufen gab. Also habe ich andere Quellen aufgetan. Ich lese Kundera und Jiří Mucha, andere stehen auch schon auf meiner Liste. Ich verschlinge alles – als müsste ich die Bücher tatsächlich aufessen, um satt zu werden. Ich schreibe mir Vokabeln und Sachen, die ich nicht verstehe, in ein kleines Heft, und Maruška erklärt mir später alles, was dazu führt, dass ich noch viel mehr erfahre. Ich habe Ludmilas ganze Wohnung mit kleinen bunten Zetteln vollgeklebt, auf die ich Passagen aus Büchern schreibe, Sätze, die ich im Fernsehen aufschnappe, die eine herrlich falsche Syntax haben, die ich mir gerne merken würde. Ich weiß schon, was *Politoffizier* bedeutet, dieses rätselhafte Wort aus den Briefen von Jaromír, und ich verstehe Abkürzungen und die Namen von kommunistischen Süßigkeiten. Ich weiß auch, was das *SNB* war (das »Korps der Nationalen Sicherheit«; heute heißt das Polizei), was *šumák* (quietschsüßes Brausepulver), *lesněnka* (»die Waldfee« – grüne Mentholbonbons) und *eskymo* (Eis am Stiel, das es immer noch zu kaufen gibt). In Maruškas Wohnung hören wir manchmal auf einem alten Tesla-Plattenspieler aus Bakelit die Schlager von Hana Zagorová, und wenn wir wirklich bizarre Laune haben, dann Karel Gott. Das ist aber auch nicht schlimmer als die lateinamerikanische *música romántica*, wo alles trieft vor Zuckersüß.

Den größten Schock allerdings, den ich und Marta in Prag erlebt haben und für den Maruška außerdem jegliches Verständnis fehlte, verdanken wir dem Film *Kytice* nach Balladen des romantischen Dichters Karel Jaromír Erben. Die Reimereien in diesem »Blumenstrauß nationaler Sagen« waren uns viel zu kompliziert, dafür haben uns die Farben in die Handlung hineingeholt; der Wassermann hatte super Muckis, und am Ende ist das Kind, das er mit diesem Mädchen hatte, das aussah wie ein Engel, gestorben, und in der *Mittagshexe* gleich noch eins. Wir konnten es nicht glauben. Die fliegenden Gespenster in der *Geisterbraut*, die abgehackten Gliedmaßen des Mädchens im goldenen Laub, na meinetwegen, aber diese toten Kinder, das war echt zu viel für uns. Maruška mühte sich ab, uns zu erklären, dass Legenden und Sagen nun mal so waren, die Indianer in Brasilien erzählen sich angeblich auch ganz schön grausames Zeug …

»Nun ja, das kann schon sein«, sagte Marta resolut, »aber in einer anständigen *europäischen* Sage sollten echt keine Kinder sterben.«

Später rede ich mit Marta über alles, was wir rausgefunden haben, auf Maruškas grünem Sofa, und wir vergleichen das mit der Militärdiktatur. Die Übereinstimmungen sind manchmal schockierend. Vor allem diese schleichende Angst, die heute noch allen in den Knochen steckt, auch wenn es ihnen nicht mehr bewusst ist, aber sie benehmen sich immer noch so, als würde sie hinter ihrem Rücken lauern. Die gleichen unterwürfigen Gesten bei Behörden, die Demut gegenüber jeder höheren Charge und das verzweifelte Bemühen, unter keinen Umständen bei etwas Unrechtem erwischt zu werden, denn das könnte eine Strafe nach sich ziehen. Die Strafe schlechthin.

Maruška erklärt und erzählt, zwischendurch liest sie immer wieder Auszüge aus den Briefen, die Luiza mitgebracht hat. Die fällt gelegentlich mit ein und erzählt aus ihrem eigenen Emigrantenschicksal: Ihre Eltern waren zur Abwechslung Deutsche, die vor Hitler nach Brasilien geflohen waren. Sie war sieben gewesen, und zur Erinnerung hatte sie den großen silbernen Schlüssel zu dem Schrank mitgenommen, in den sie immer ihre Puppen räumte. Sie trägt ihn bis heute an einem abgewetzten Kettchen. Es sieht exzentrisch aus, denn Luiza schätzt etwas arg glänzende Blusen zum Knöpfen, und dazu sieht der Schlüssel noch schlimmer aus als eine künstliche Kamelie.

Es ist, als seien wir in Geschichtsbücher geklettert, würden uns frei darin bewegen können, und ab und zu würde eine Figur anfangen, uns etwas zu erzählen, was sie gegessen hat, wo sie als Kind Lutscher eingekauft hat und wie sie sich gefühlt hat. Manchmal ist das erfrischend, manchmal beklemmend, aber wir ahnen, dass diese Augenblicke zu viert nur einmal geschehen, dass wir sie beim Kartenspiel gewonnen haben und dass das As beim nächsten Mal jemand anderes kriegt. Verständnis. So könnten die beiden alten Frauen heißen, mit denen wir uns so gut verstanden. Bücher borgte ich mir von Maruška; sie war belesen und wissbegierig, sie hat jahrelang in einer Bibliothek gearbeitet und hatte einen guten Geschmack. Sie sagte, dass es seltsam ist, dass Marta die gleichen Bücher gelesen hat wie sie. Marta kannte Kundera in der portugiesischen Übersetzung, von Mucha war sie begeistert, und auch bei englischen Büchern, die ich nicht kannte und von denen ich noch nie etwas gehört hatte, waren sie sich einig. Sie gingen gemeinsam in Ausstellungen und danach auf ein Stück Torte ins Café des Rudolfinums.

Ich kann Gemälde und Ausstellungen nicht leiden; ich finde, das allerschönste Gemälde sind die farbigen Wände von Maruškas Wohnung.

Der Traum

(Jaromír)

São Paulo, 12. Juli 1960

Maruška, meine Teuerste!
Deinen Brief habe ich diesmal sehr sorgfältig gelesen. Es erstaunt mich, wie es möglich ist, dass Du genau die Jazz-Platten aufgetrieben hast, die ich auch so gerne mag. Ja, das Gemälde, von dem Du schreibst, gefällt mir, nach dem Lesen Deines Briefes bin ich mir sogar eine Reproduktion davon kaufen gegangen. Es ist so eigenartig. Du schreibst darüber, wie Du dieses Modigliani-Porträt zum ersten Mal gesehen hast. Wie die Welt stehen geblieben ist und es Dir auf einmal den Atem verschlagen hat, so sehr hat die Ruhe dieser Frau in blauem Samt auf Dich gewirkt. Hier verwendet man für diese Ruhe und diesen Ausdruck das Wort »serenidade«, ich weiß nicht genau, wie man es ins

Tschechische übersetzen könnte. Sicher verstehst Du es, im Französischen gibt es doch bestimmt auch einen ähnlichen Ausdruck. Als es hier vor zwei Jahren eine Ausstellung mit Modigliani-Gemälden gab, bin ich sie mir mit zwei Direktoren von Baťa-Werken in Batatuba anschauen gegangen. Am meisten hat mir die Idee der hiesigen Veranstalter gefallen, Modiglianis Bilder zusammen mit einer großen Schau primitiver Kunst aus Afrika zu zeigen, die offensichtlich nicht nur ihn, sondern auch viele brasilianische Künstler inspiriert hat. Deren Werke waren in einem weiteren Saal ausgestellt. Als meine beiden Begleiter ins Café gegangen waren, bin ich noch alleine durch die Betonsäle des Museums für moderne Kunst gestromert und habe die Ruhe dieser gemalten Frauen ausgekostet. Eins habe ich nicht begriffen: Wie konnte ein so wilder Kerl, wie Modigliani es war, eine derartig überirdische Ruhe einfangen?
Hier lebt auch eine sehr interessante Frau, sie hat einen Tschechen geheiratet und ist Malerin. Sie malt nur aus Freude, ansonsten widmet sie sich ihren Geschäften, aber ich habe ein Bild bei ihr gesehen ... und es gekauft und würde es Dir gerne als Geschenk von mir schicken. Über jemand Verlässlichen, damit es keinen Schaden nimmt. Frau Březovská, so heißt die Malerin, verwendet eine spezielle Gouache-Technik und mengt der Farbe silberne und goldene Flocken bei. Das gibt ihren Werken Bewegung und eine Art dickköpfigen Existenzwillen. Ich habe für Dich eine braune, abstrakte Kurve ausgesucht, in der eine sonderbare Art von Bewegung steckt, in der sich Geschwindigkeit mit Erstarrung ver-

bindet, und das Ganze kommt mir vor wie ein dermaßen sinnfälliger Ausdruck unser beider Leben, dass ich es kaum zu glauben vermag. Das Bild heißt »Wir leben in einem angeschlagenen Zeitengewirr«. Ein seltsamer Titel. Als ich Frau Březovská fragte, was das eigentlich bedeutet, sah sie mich an und sagte: »Herr Jaromír, dass ausgerechnet Sie den Namen nicht begreifen, das wundert mich.« Eine eigenartige Frau. Sie ist nicht allzu reich, benimmt sich aber wie irgendeine Gräfin, und obwohl sie für viele ihrer Bilder einen Haufen Geld bekommen könnte, verkauft sie nur manche davon. Angeblich wird sie das Bild, das ihr ihre tote Mutter im Traum diktiert hat, nie verkaufen. Darauf ist eine gelbe Sonne, die durch schwarze Wolken schwebt, es sieht eher aus wie eine geometrische Formel, und viele Kunstkritiker, die bei Frau Březovská zu Besuch waren, behaupten, das sei ihr bestes Werk. Sie hat es aber kein einziges Mal ausgestellt. »Meine Mutter hat das in dem Traum nicht gewollt, sie hat es mir ausdrücklich verboten, und ich bin immer ein gehorsames Mädchen gewesen«, behauptete sie in einem Zeitungsinterview, als sie nach dem Bild gefragt wurde.

Luiza hat nicht viel für Gemälde übrig, sie liest auch nicht viel und hört keine Musik. Sie ist von ihrer Art her energisch und unternehmungslustig, was mich manchmal zum Wahnsinn treibt; und dann wieder, wenn ich träumen muss, weil das meine Konsulententätigkeit ab und zu erfordert, bin ich ihr dankbar, dass sie mich in die Realität zurückholt. Obwohl hier für einen Mitteleuropäer kein Tag alltäglich ist. Im Gegenteil, die brasilianischen Tage sind strahlend bunt, sie sind stickig, und ständig sprießen wieder Triebe von etwas Neuem aus ihnen heraus. Allerdings habe ich Angst, ich träume ständig ein und denselben Traum, es ist eine quälende Gewissheit, dass ich jede Nacht das Gleiche immer und immer wieder durchlebe. Ich sträube mich sogar, Dir den Traum zu erzählen, so banal kommt er mir vor. Einmal habe ich eine ähnliche Traumbeschreibung gelesen, irgendwo in einer Abhandlung über Psychiatrie, und es ist gut möglich, dass das jetzt zu mir zurückkommt. Ich liege auf einer alten Pritsche, und unter mir fließt Wasser in einem Graben voll Schlamm und trockenem Stroh. Ich bringe es nicht fertig, in diesen Dreck hineinzuspringen, aber schließlich tue ich es doch und wate viele Kilometer, bis zur Hüfte darin eingesunken, das Waten nimmt kein Ende. Ich weiß auch, was ich in diesem Graben suche, und im Traum befiehlt mir etwas, dass ich es finden muss, denn wenn ich es finde, werde ich erleichtert sein. Bloß weiß ich nach dem Aufwachen nie, was das sein sollte.

Ich weiß, dass Du mir jetzt bestimmt empfehlen wirst, jemanden aufzusuchen, der bewanderter in solchen Angelegenheiten ist. Glaub mir, ich war bei einem erfahrenen Arzt, aber ich habe Angst, dass mir auf irgendeine Art und Weise noch etwas Stärkeres als nur dieser Traum an den Kragen will. Ich komme einfach nicht dahinter, sosehr ich mich auch bemühe. Falls Dir etwas einfallen sollte, falls sich dort bei Euch interessante Literatur über Träume und ihre Bedeutungen auftreiben lässt, dann schick sie mir bitte so schnell wie möglich. Sonst geht es mir wie immer, ich fühle mich irgendwie leer. Ich kann mich in letzter Zeit an nichts freuen, weder an Ausstellungen noch an Musik, nicht einmal an der Liebe zu Luiza. Ich sollte wohl irgendwohin fahren, erneut mein Leben ändern, ich weiß es nicht. Bitte, schreib mir so viel wie möglich, ich giere immer stärker nach jedem einzelnen Buchstaben von Dir.

Für immer Dein Jaromír

Ich habe mich ein zweites Mal in sie verliebt. Schuld daran war die banale Erwähnung des Gemäldes in einem ihrer Briefe. Ich habe sie dann öfter danach gefragt, was sie liest, auf welche Konzerte sie geht und warum sie die Oper mag. Ich vergaß allmählich das Ministerium, meine fiktive Funktion als »Konsulent«, wir haben einander viel mehr über Gefühle geschrieben, über Kunst, Enttäuschungen, Geschichte. Nachdem sie angefangen hatte, in der Bibliothek zu arbeiten, wurden ihre Briefe immer länger, ausführlicher und interessanter. Luiza verblasste daneben und begann allmählich zu verschwinden. Dabei war sie mir zu jener Zeit die größte Stütze, und das wusste ich auch. Ich begann wieder damit, Expeditionen in den Urwald zu unternehmen, ich hatte nämlich eine indianische Legende darüber gehört, dass die Zeit verschwindet, wenn jemand sich im Dschungel verirrt. Er kann als Sterblicher am eigenen Leib erfahren, dass es keine Zeit gibt. Bloß habe ich nie den Mut gefunden, komplett in die Irre zu gehen; entweder saß ich auf einem Pferd, das sich immer den Weg gemerkt hat, oder ich holte im letzten Moment doch noch den Kompass hervor. Allerdings ahnte ich, dass ich auch meinem eigenen Traum entkommen könnte, falls ich das schaffen würde, denn Träume existieren nur in der Zeit. Ich könnte aufatmen, denn dieser Traum saugte mich aus wie ein giftiges, unersättliches Insekt. Immer wachte ich verschwitzt und erschöpft auf, den Kopf voller Fragen nach dem Sinn dessen, was ich tat, aber so, wie ich einst die Zyankalikapsel nicht zerbissen habe, war ich auch diesmal nicht in der Lage, tief in den Dschungel hineinzureiten, das Pferd allein vorauszuschicken und zu schmecken, wie die Zeit weg war. Die Indianer waren sich nämlich uneins darüber, wie dann der Mensch, der sich am Gefühl der Zeitlosigkeit gesättigt hatte, wieder zurückkehrte und ob das überhaupt möglich war. Ich wollte nicht im Dschungel sterben, und die Vorstellung, dass ich etwa erwache und Scharen von Termiten auf mir herumkrabbeln, die meinen Körper in der Zwischenzeit zu ihrer Speisekammer gemacht hatten, war mir nicht besonders angenehm.

Ich pflegte den Kontakt zu den Baťa-Leuten auch außerhalb meiner Verpflichtungen als »Konsulent«, ich fuhr immer häufiger nach Mato Grosso oder Batatuba. Ich fühlte mich mit ihnen ungewöhnlich frei, obwohl wir nicht viele gemeinsame Interessen hatten. Es lag wohl daran, dass ich niemanden hatte, mit dem ich Tschechisch sprechen konnte, und nach so langer Zeit in der Fremde begann mir das zu fehlen. Ich durfte auch nicht aus der Übung kommen, um mich nicht in Gefahr zu bringen, denn eine meiner Pflichten bestand darin, bestimmte Personen oder Ziele auch direkt in der Tschechoslowakei zu verfolgen. Das Problem wurde zum Teil durch den Briefwechsel mit Maruška gelöst, aber auch bei ihren Briefen bekam ich auf einmal das Gefühl, dass mir die aktuelle Version meiner eigenen Sprache langsam abhanden kam. Es waren nur ein paar Wörter, deren Bedeutung ich nicht begriff – sie kamen mir vor wie winzige Schlangen, die mir zwischen den Fingern hindurchrutschten –, oder eine kaum merkliche Veränderung im Satzbau, die ich in meinen eigenen Briefen schon nicht mehr nachahmen konnte.

2

Ich stellte fest, dass dieser Traum tatsächlich nicht meiner war, er wurde als Beispiel in einer psychiatrischen Abhandlung angeführt. Ich ging zur Hypnose. Eine Zeit lang half das, ja, ich muss zugeben, dass meine amerikanischen Chefs wirklich ausgezeichnete Spezialisten in Reserve hatten, für den Fall, dass einer ihrer Leute verrückt wurde oder zumindest anfing, daran zu arbeiten. Jener Doktor beschäftigte sich auch mit Telepathie und anderen, für mich viel zu obskuren Dingen, aber ich wusste, dass in der Zeit des Kalten Krieges parapsychologische Fähigkeiten auch in der Spionage zum Tragen kamen. Nachdem er mir den zwanghaften Traum, der einer unsterblichen, immer im Kreis herumsurrenden dicken Fliege ähnelte, aus dem Kopf gefegt hatte, war ich erleichtert. Jetzt konnte ich tatsächlich in einem Schlaf ohne Geschichten schlafen. Maruška wurde krank; sie schrieb mir, dass es ihr schlecht gehe, dass sie richtig starke Antibiotika benötige, weil sie den Verdacht habe, dass es sich um eine verschleppte Lungenentzündung handle, im schlimmsten Fall sogar um Tuberkulose. Ich bekam Angst, es war zum Verzweifeln, ich war weit weg, und sie müsste vielleicht sterben. Luiza wusste zu jener Zeit alles, aber sie war sich meiner absolut sicher, aus unbegreiflichen Gründen, die nur wahre Liebespartner kannten.

»Wir schicken ihr Medikamente über Carlito, ich habe gehört, dass er für eine sowjetische Organisation arbeitet, die Hilfsgüter nach Afrika schickt und Sachen aus der Dritten Welt kriegt. Er fährt auch manchmal nach Prag«, schlug Luiza vor. Sie selbst erklärte Carlito, einem alten Bekannten von ihr, alles und packte die Medikamente in eine Pralinenschachtel. Jede einzelne Tablette wickelte sie noch pedantisch in silbernes Cellophanpapier.

Maruška bekam die Schachtel tatsächlich, und ich nutze dann denselben Weg, um ihr Stoffe oder Kleidung schicken zu können. Sie wurde wieder gesund. Ich war glücklich. Interessanterweise war auch Luiza zufrieden, dass sich ihr Einfall so gut in der Praxis bewährt hatte. Ich liebte sie alle beide. Die phantomhafte Maruška aus den Briefen und die reale Luiza, die sich immer zu helfen wusste.

Zu jener Zeit nutzte ich auch meine Frau nicht mehr so sehr als Quelle. Sie hatten sie vom Posten der Chefsekretärin in die Buchhaltung einer anderen Zweigstelle versetzt, und ich konnte nichts dagegen tun, denn das wäre viel zu auffällig gewesen. Die Firmenbücher interessierten mich nicht. Mich interessierten die Abläufe der Reisen des Direktors nach Ostdeutschland und das Programm seiner Beratungen, Abkürzungen in Terminkalendern und ähnliche Dinge. Luiza wusste, was ich tat, aber sie hatte sich nie eingestanden, dass ich auch ihre Arbeit benutzte. Ich ließ sie in ihrem Glauben.

Eine neue Entscheidung

(Luiza)

1

Die rührende Eintracht zwischen mir und Maruška hatte Bestand. Ursprünglich hatten wir geplant, dass wir, sobald wir unsere Forschungen abgeschlossen hätten, gemeinsam nach São Paulo zurückkehren würden. In die Stadt, die Maruška so gut aus Yaromirs Briefen kannte. In Tschechien gefiel es mir wirklich gut. Ich genoss die beruhigende Durchschnittlichkeit der Landschaft, in der die Berge nicht allzu hoch waren und die Felder nicht mit der Unendlichkeit drohten. Der Horizont war immer ganz nah. Ich war begeistert von einem Spaziergang durch einen Park, wo ich meinen Träumen nachhängen und eine halbe Stunde lang auf einer Bank dösen konnte, ohne dass sich irgendwer für mich interessiert hätte. Weder wollte mir jemand etwas verkaufen noch etwas stehlen und schon gar nicht mir irgendein religiöses Handbuch aufdrängen. Ruhe und Stille. Es war gestattet, sich einfach zu erholen. Es fiel mir schwer, Maruška diese kleinen großen Freiheiten zu erklären. Sie dachte, ich würde ein bisschen übertreiben. Marta gab mir zwar immer Recht, aber uns war klar, dass uns Maruška, abgebrüht vom Krieg, vom Kommunismus und von der Schmonzette mit ihrem Spion, nicht ernst nahm.

Dann kamen sie zu Besuch. Martas Freund Vladimír und sein Vater. Ich und Maruška hatten sie zum Mittagessen eingeladen. Es war wie ein Blitz, der aus dem grauen Himmel über Prag fuhr. Die Igelfrisur mit den Geheimratsecken, lässige Jeans und ein schwarzes Manchesterhemd. Das Alter schwer zu schätzen und in den Augen keine Spur von Resignation oder einem Sich-Abfinden damit, dass seine Zeit wirklich schon etwas vorangeschritten war.

Er führte mich aus in Konditoreien, nahm mich mit zu langen Spaziergängen rund um die Plattenbausiedlungen herum und brachte mir Fahrradfahren bei. Als wir das so halbwegs hinbekamen, fuhren wir langsam und verträumt durch die Parks, und Teenager mit bunten Schirmmützen zischten an uns vorbei. Er erzählte mir von seinen Patienten und bestätigte auch die Geschichte aus dem Restaurant, die uns Marta erzählt hatte. »Und warum hast du ihm eigentlich diese Ohrfeige gegeben?«

»Als ich das letzte Mal versucht hatte, ihn in der Ausnüchterungszelle zu retten, hat es furchtbar lange gedauert; ich hatte schon Angst, dass ich ihn da nicht mehr rausholen kann, dass ich am Ende scheitere, es hing echt am seidenen Faden. Na, und dann sehe ich ihn vor einer Flasche Rotwein sitzen. Hättest du ihm nicht auch eine reingehauen?«

In bestimmten Punkten war er Yaromir ähnlich, vielleicht war das irgendein allgemeiner Charakterzug von tschechischen Männern, dass sie wirklich zuhören, wenn man ihnen was erzählt, dass sie einen nicht ständig mit ihren eigenen Theorien unterbrechen und dass sie schweigen können. Nach Yaromirs Tod war in meiner Nähe so jemand nicht aufgetaucht. Auch das war zum Teil der Grund, dass ich hergekommen war.

Maruška und ich erzählten uns stückchenweise wirklich alles, auch, wie sehr wir aufeinander eifersüchtig waren und wie wir darüber hinweggekommen sind. Sicher, in der Zeit, als ihre Briefe dann häufiger kamen und viel länger waren, wollte ich sterben. Ich wusste, dass mich Yaromir nicht verlassen würde, und doch entwischte er mir irgendwohin in ein Reich aus eigenen Erinnerungen, der Realität seiner Heimat und Maruškas immateriellem, papierenem Zauber. Ich wusste, dass er sie alle zum Leben brauchte, weil er nicht mehr verstand, wie die Tschechen eigentlich lebten, und dass ihn das betrübte und quälte. Diese Briefe konnte ich nicht lesen, ich hätte ein paar stehlen und sie mir von der einzigen Tschechisch-Übersetzerin in São Paulo übersetzen lassen können, einer großen, strengen Dame, die nach Schweinebauch roch und den Inhalt der Briefe allen Landsleuten weitererzählt hätte. Darauf hatte ich keine Lust. Jetzt, wo mein Tschechisch nach dem stundenlangen Drill durch Maruška und durch die Praxis mit Vladimírs Vater einigermaßen erträglich ist, bin ich in der Lage, alle Briefe zu verstehen. Bloß interessiert mich das nicht mehr. Also habe ich letzten Endes Tschechisch gelernt, aber Yaromirs Briefwechsel habe ich nicht gelesen.

Ich wollte in Prag bleiben und wusste nicht, wie ich es Maruška sagen sollte. Schon gar nicht, nachdem wir im Haus des Erdkundelehrers Jandl geläutet hatten und uns irgendeine Frau in einer Batikschürze die Tür aufmachte. Sie hatte in dem Haus eine Keramikwerkstatt, und der verschlissene Lederrucksack mit der unscheinbaren Hinterlassenschaft Jandls lag nach wie vor auf dem altersschwachen Dachboden.

»Ich habe das nicht weggeschmissen, weil ich mir gesagt habe, dass sein Tagebuch vielleicht noch mal jemanden interessiert. Wie Sie sehen, habe ich richtig geschätzt.«

Sie lachte, setzte Kaffeewasser auf und ließ uns bei sich übernachten. Zwei Tage haben wir das Tagebuch gemeinsam gelesen, auch Lena und Marta sind uns noch zu Hilfe gekommen. Bei Jandl endeten unsere Nachforschungen. Wir brauchten keine Bruchstücke aus Archiven mehr zu rekonstruieren und Decknamen zu entschlüsseln. Sein Tagebuch warf so ein Licht auf Yaromirs Motive, dass es uns für immer und ewig reichen sollte.

Erinnerungen an die Überquerung der bolivianischen Grenze (verfasst in Medlová/Mähren)

Ich habe mich mit ihm getroffen. Wir wissen beide, dass es das letzte Mal war. Die Kräfte verlassen mich rapide, und ich ahne, dass diese Expedition meine letzte war. Und die schönste. Ich habe den Schnee der Anden gesehen. Was macht es schon, dass ich keine Tour auf einen der Gipfel unternehmen konnte. Ich habe auch Tand auf dem berühmten Markt in La Paz erstanden, habe die Eleganz der Indianerinnen mit ihren steifen Trachtenhüten bewundert, wie sie in meinem Reiseführer abgebildet sind, und ich habe Coca-Drinks als Muntermacher gekauft, die mir in Momenten der physischen und psychischen Anspannung wirklich gute Dienste geleistet haben. Aufmerksam habe ich mir auf dem Markt auch verschiedene Amulette angesehen und Lama-Embryos, die in Gläsern ausgestellt werden. Ich wollte wissen, wozu diese magischen Gegenstände dienen, aber mein Schulspanisch hat dafür nicht gereicht. Die Indianerinnen sahen mir nur erstaunt hinterher, sie kicherten und bedeckten ihre Gesichter mit ihren staubigen Hüten. Was kann ich mir mehr wünschen? Ich erfülle mir meinen bescheidenen Traum, und meine Augen sehen sich an Bildern satt, von denen ich bis jetzt nur lesen und träumen konnte. Er hat mir dabei geholfen, mit Geld, und weil er sehr wenig als Gegenleistung forderte. Nur Informationen über seine ehemalige Freundin, und dass er einen aufmerksamen Zuhörer haben konnte, so wie ich damals in den magischen Momenten im Erdkundekabi-

nett einen hatte. Gemeinsam streiften wir über Landkarten und durch Reisebeschreibungen, die ich ihm geborgt hatte.

Heute hat er mir die schreckliche und schöne Geschichte von seiner Liebe zu einer Zigeunerin erzählt. Er hatte auch Zweifel daran, was er tut und warum. Dass die Lebensweise von Menschen bedroht ist, die Jaromír in ihrer »Andersartigkeit«, um die er sich schon sein ganzes Leben lang bemüht, so ähnlich sind, hat ihn angetrieben weiterzumachen. Ein seltsamer Grund, absolut irrational, ein Grund, der Jaromír überhaupt nicht ähnlich sieht und doch gleichzeitig perfekt zu ihm passt. Ich habe ihn schon im Widerstand bewundert, als ihn die Amerikaner als Agent D eingesetzt haben. Sicher nutzt er mich aus, so wie er auch seine Frau und seine längst Verflossene in Prag ausnutzt, doch ungeachtet dessen sind seine Gründe gewichtiger als unsere kleinen Rollen in seiner Geschichte. Was er mir über die Militärdiktatur in Brasilien erzählt hat, bestätigt nur die Theorie, dass sich alles unablässig wiederholt. Die einzige Möglichkeit, dem entgegenzutreten, ist, sich auf sein »Anders-Sein« zu besinnen, wie Jaromír das bezeichnet. Wir haben lange geredet, über die Liebe zu seiner Frau Luiza, über die Briefe, in denen er jemanden spielt, der sich erinnert, und dabei die Informationen sammelt, die er für seine Arbeit braucht. Das Mädchen, dem er schreibt, liebt er allerdings auf gewisse Weise auch, obwohl er es nicht weiß und es sich auch nicht eingestehen würde. Ich glaube aber, dass er mit der Zeit alleine draufkommt, ich habe nichts weiter dazu gesagt. Ich glaube Jaromír in einem Punkt nicht: dass er tatsächlich wissen muss, was in dem Ministerium vor sich geht, in dem Maruška arbeitet. Es ist allzu durchsichtig, also dass er eher darauf aus ist zu erfahren, wie sich die Dinge bei uns entwickelt haben, wie wir leben, wie sie lebt, ob sich die tschechische Realität schnell oder lang-

sam verändert, weil er nicht mehr dazugehört. Und Jaromír ist nicht der sentimentale Typ Mensch, der mit seinen Landsleuten Kartoffelpuffer brät und sich an die guten, alten Zeiten erinnert. Es will über die Gegenwart Bescheid wissen. Und dieses Mädchen passt sehr gut zu ihm. Sie führt in Prag ein einsames Leben, das sie sich allerdings selbst ausgesucht hat. Sie ist gebrochen und zugleich unglaublich zäh, sie kann zuhören und interessiert sich mit großer Begeisterung für Kunst. Sie liest viel, und ich habe das Gefühl, dass sie eine leise Ahnung hat, was eigentlich hinter Jaromírs Briefen steckt. Ich bin froh, dass sie nicht vorhat, ihn in einem Anfall von Melancholie zu besuchen. Manchmal denke ich darüber nach, ob es vergeudete oder höchst außergewöhnliche Leben sind. Sie haben meine Hochachtung, sowohl Jaromír als auch die beiden Frauen, die aus Liebe zu ihm leiden. Wie lange können sie das noch durchhalten? Ich habe Jaromír danach gefragt, ich wollte wissen, was er tun wird, wenn alles vorbei ist, wenn auf der Oberfläche der abscheulichen Geschichte der Menschheit wieder ein Fünkchen Hoffnung auf demokratische Verhältnisse oder einfach nur auf bessere Zeiten aufblitzt. Er antwortete, dass das nicht in beiden Ländern gleichzeitig passieren wird, und deshalb wird er früher oder später unter falscher Identität in die Staaten gehen müssen. Er sagte das irgendwie kühl, einen Hauch zu kühl, als es angebracht gewesen wäre, ich spürte, wie wenig es ihn erfreuen würde, wenn seine Arbeit auslaufen sollte, dass er nicht in die Staaten gehen wollte, um dort als verdienter Kämpfer sein Leben zu beschließen. Er begann mich über Böhmen auszufragen, über die Landschaft, über bestimmte Gerichte, die er schon lange nicht mehr gegessen hatte. Er sagte, selbst wenn er manchmal dienstlich in die Heimat fährt, dann ist das immer nur für wenige Tage, sodass er nicht einmal Zeit hat, in

Ruhe in ein Wirtshaus zu gehen und sich ein echtes Gulasch zu gönnen, und dass in den Hotels, wo er meist übernachtet, das Essen nichts taugt. Vor allem belastet ihn, dass er die Menschen nicht versteht. Manchmal begreift er einzelne Worte nicht, den Rhythmus der Stille in den Sprechpausen, die Bedeutung der Gespräche in Wirtshäusern oder Witze, die er in Kantinen aufschnappt. Wenn er mit den Leuten ins Gespräch kommen will, gehen sie nach ein paar Sätzen auf Distanz. Er fühlt sich angeblich wie ein richtiger Ausländer, der lediglich gut Tschechisch gelernt hat.

Ich begriff, dass er gerne nach Hause zurückkehren würde. Ich habe es ausgesprochen und etwas gesagt, das ich nicht hätte sagen sollen. Jaromírs Miene wurde finster. »Nein, ich will nirgendwohin zurück, ich habe keine Heimat, und ich will auch keine haben, das ist nur eine Belastung, eine überflüssige sentimentale Komplikation, eine Chimäre, die schon tausende Reisende vor mir verworfen haben. Sie sollten das verstehen, Herr Jandl, gerade Sie sollten das verstehen.« Verzweifelt übertönte er sich selbst.

Ich hatte ihm gegenüber nie behauptet, in keiner unserer langen Unterhaltungen, dass Reisende kein Zuhause haben oder dass sie sich nicht danach sehnen, ich dachte, dass ihm das klar ist. Reisen ist etwas Wunderbares, doch sollte man dort, wo man geboren ist, einen Ort haben, wo man immer seinen Wanderstab abstellen und sich in ein frisch bezogenes Bett legen kann. Und Jaromír hatte keinen solchen Ort.

»Wo haben Sie das Tagebuch gefunden?«, fragte Maruška.

»In so einem kleinen Lederetui, vermutlich hat er es nicht mit auf Reisen genommen, es war sorgfältig und gepflegt, er hat diese Notizen wahrscheinlich erst zu Hause verfasst. Bewundernswert, wie er sich die ganzen Details gemerkt hat. Es war auf dem Dachboden, versteckt in einem Hohlraum im Gebälk. Wir sind erst drauf gestoßen, als wir das Dach renoviert haben. Er hatte keine Verwandten, aber wahrscheinlich hat er sich wohl doch gewünscht, dass es nach einiger Zeit jemand findet. Aus dem, was er in dem Tagebuch schreibt, haben wir geschlussfolgert, dass irgendjemand von diesen Leuten noch auftauchen könnte, aber dann fand ich, dass es nun doch zu lange dauert, dass hier keiner auftaucht. Und nach der Revolution '89 habe ich auch darüber nachgedacht, ob ich das Tagebuch nicht dem hiesigen Gymnasium vermache«, sagte die Frau und schlürfte langsam ihren Kaffee. »Ich bin früher auch auf das Gymnasium hier gegangen, das war schrecklich. Diese Nieten, die uns unterrichtet haben, die haben uns nur schikaniert und uns Unsinn eingetrichtert. Letzten Endes bin ich, so wie der Jandl, zum Sterben hierher zurückgekommen. Mein Mann lebt nicht mehr, Prag hat mich zu sehr an ihn erinnert, und so habe ich alles verkauft lebe jetzt wieder hier.«

Wir kauften ihr ein paar bunte Teller und ein Set geblümter Tassen ab. Seitdem haben wir beide verstanden, warum sich Yaromir am Ende umgebracht hat. Es gab nichts mehr, wonach wir hätten forschen können.

2

Ich erzählte Maruška von der Nacht, als ich ihn gefunden habe. Er lag ganz ruhig da, bestimmt hat ihn dieser Traum nicht mehr gequält, von dem er behauptet hat, dass er ihn schon ganz schön lange nicht mehr geträumt hatte, aber ich habe jede Nacht seine Schreie beschwichtigt und ihm den Schweiß von der Stirn gewischt. Er hatte Gift genommen, das er schon in einer kleinen Ampulle mit einem geschliffenen Spezialverschluss zurechtgemacht und immer zur Hand hatte. Er lag da und atmete nicht mehr. Diskret wie immer. Stark wie immer. In seiner Tat, die oft als Schwächlichkeit bezeichnet wird, wirkte er als Sieger. Ich lag neben ihm, schwere Tränen rannen mir übers Gesicht, und als die extremste Verzweiflung darüber nachließ, dass ich mich nie wieder nachts an ihn schmiegen würde, begann ich, über das Leben nachzudenken, das ich mit ihm geteilt hatte. Es war das beste Leben, das ich mir hätte aussuchen können. Er hat mich aus meiner nichtigen Existenz als gut bezahlte graue Büromaus herausgeholt und ihr einen neuen, wenngleich zweifelhaften Sinn gegeben. Einen Sinn, von dem ich nicht viel wusste, der aber auf geheimnisvolle Art mit Yaromirs Leben aromatisiert war. Mit seinen Reisen nach Osteuropa, seiner rätselhaften Arbeit, bei der er für Monate irgendwohin verschwand; sogar die Eifersucht auf diese schemenhafte Frau in Prag hatte den Beigeschmack von etwas Außerordentlichem, das ein normaler Mensch nur im Kino erlebt oder wenn er einen Abenteuerroman mit kriminalistischen Verwicklungen liest. Mir wurde bewusst, dass sein Leben die Würze meines Lebens war. Und mit seinem Tod war das Gewürz alle. Ich musste nach Prag fahren und mich mit Maruška treffen, damit ich wieder anfangen konnte, etwas zu erleben.

Und ich fand sie und zusammen mit ihr zwei weitere großartige Wesen: Lena und Marta. Gemeinsam mussten wir unbedingt das Vergangene erhellen und das finden, was kommt. Wir fühlten, dass wir eine Chance hatten. Das

Leben war wieder berauschend, voller Versprechungen, und ich und Maruška wussten, dass Yaromir es so gewollt hätte. Uns wurde bewusst, dass er gerne mit uns beiden am Ufer der Moldau gesessen und zu Ausstellungen gegangen wäre. Er hatte sich aber zur falschen Zeit entschieden. Zum ersten Mal hatte er die Dinge nicht richtig eingeschätzt. Sicher hatte auch dieser banale Traum seinen Anteil daran. Sowohl nach Brasilien als auch in die Tschechoslowakei kam die Freiheit sozusagen gleichzeitig. Er hätte seine Spionierereien an den Nagel hängen können, und er hätte für seinen Lebensabend nicht einmal in die Staaten gemusst. Bloß war er wohl nicht mehr fähig, seine Geheimnisse weiter zu ertragen.

Heimweh

(Jaromír)

1

»Heimweh« ist das Wort. Und ich hatte schlicht und ergreifend Heimweh. Nach allem, was zu Hause war und mir verwehrt blieb. Was mir nie wieder frei stünde zu tun. Bei diesem »Nie wieder« packte mich das Grauen. Ich wollte mich mit Maruška treffen und ihr alles erzählen. Mich bei ihr entschuldigen, ihre Hände küssen. Ich wollte sogar Luiza mitnehmen. Ich wollte zurückkehren. Mir fiel Jandl ein, der mir genau das vorausgesagt hatte. Damals hatte ich ihm nicht die Bohne geglaubt. »Sehnsucht nach der Heimat«, das war für mich eine ähnlich absurde Kombination wie »Kommunismus ohne Diktatur«. Nein, damals an der bolivianischen Grenze beim Maisschnaps hatte ich kein Heimweh. Die Sehnsucht kam angehopst wie ein niedliches, zotteliges Äffchen. Zunächst war sie ganz zahm, aber dann begann sie sich überall breitzumachen, verbiss sich mit ihren scharfen Zähnchen immer tiefer und tiefer in mein Leben und hinterließ kleine eiternde Wunden.

Maruška erwähnte in einem Brief, dass sie zum Grab ihrer Eltern fährt. Beide waren in Theresienstadt gestorben, aber sie hatte für sie in den Hügeln um Kreibitz in Nordböhmen einen kleinen Grabstein errichtet und brachte ihnen von Zeit zu Zeit winzige Kränze aus Strohblumen. Dieses Bild kam immer wieder. Ich stellte sie mir nicht als bereits ältere Frau vor, sondern als junges Mädchen mit Zöpfen bis zu den Hüften. Ich stellte mir diesen sommerlichen Hang in Kreibitz vor und Maruška, wie sie sich über das Grab beugt. Ich stellte mir die mit Moos überwachsene Burgruine vor, die in den Buchenwäldern kaum zu sehen war. Wir gingen oft dorthin und schliefen entkräftet von der Liebe und vom steilen Anstieg im Gras ein. Auf einer meiner Reisen war ich noch einmal dort, die Ruine war immer noch da, bloß war ich stärker außer Atem, als ich wie ein verletzter Maikäfer den Hang hinaufkroch. Ein Stück von der Burg entfernt stand ein kleines, halb eingefallenes Forsthaus. Ich hatte die größte Lust, es zu renovieren und dorthin zu ziehen. Zu beobachten, wie die Buchenblätter von den Bäumen fallen, und aufzuhören, ein Rädchen im großen Getriebe von Doppeloperationen zu sein, endlich meinen Hang zu Allegorien zu verstehen; zu vergessen, dass ich wohl einen kleinen Beitrag zu etwas Wichtigem geleistet habe, was sich mir allerdings in seiner Unermesslichkeit vollkommen entzogen hat. Möglicherweise war ich wichtig, aber gleichzeitig wusste niemand davon. Meine beruflichen Erfolge bemaßen sich lediglich an der Höhe meiner Bezahlung, die mir auf ein Geheimkonto überwiesen wurde, und in der größeren Kompliziertheit meiner Aufträge. Das Forsthaus renovieren konnte ich jedoch nicht. Mag sein, wenn es mit dem Kommunismus vorbei wäre, aber das stand nicht auf der Tagesordnung. In Russland waren die Dinge mit Gorbatschow zwar ein wenig in Bewegung gekommen, aber dem maß ich keine allzu große Bedeutung bei, wahrscheinlich vertraute ich irgendwie eher den Informationen von Seiten der Amerikaner, die fanden, wir sollten die *Perestrojka* vorläufig als etwas leicht Naives betrachten. Ich watete also durch Berge von Laub, und die Gewissheit, dass ich niemals auf Dauer in mein Land zurückkehren durfte, übermannte mich vollends.

Danach schaute ich einige Jahre zu, wie das Heimweh alles durchtränkte. Jeder meiner Gedanken war von ihm benetzt, es lag in den Augen von Luiza, in den geschliffenen Gläschen und auch im Essen in dem japanischen Restaurant an der Ecke, wo wir gerne hingingen. So hatten sich also meine Worte aus dem ersten Brief an Maruška bewahrheitet, obwohl der anfangs listig und pathetisch gemeinte Satz darüber, dass sie für mich zu dem Faden werden würde, der mich mit der Heimat verband, auf einmal der Wahrheit entsprach. Und ich erhängte mich an diesem Faden, und meine Beine baumelten im herbstlichen Nichts.

Luiza sagte ich davon nichts, aber sie behauptete, dass ich im Schlaf seufzte und schrie, dass ich auf Tschechisch etwas vor mich hinmurmelte, ohne es selbst zu bemerken. Ich beschloss, das Heimweh loszuwerden, so wie ich auch diesen widerwärtigen Traum losgeworden war. Bloß wussten sich nicht einmal die besten Hypnosespezialisten mit meinem Heimweh zu helfen. Sie waren aufrichtig zu mir. Und sie meldeten meinen Zustand an die betreffenden Stellen. Plötzlich bekam ich keine Aufträge mehr, die mich in die Tschechoslowakei geführt hätten, sondern ich fuhr häufiger nach Ungarn und auf den Balkan. Mein Heimweh verwandelte sich in Verzweiflung. Ich machte gleich mehrere Fehler. Die Zahl der Aufträge ging zurück, unmerklich, aber ich spürte es genau so wie meine Vorgesetzten, dass ich begann, die Kontrolle über mich zu verlieren. Die Ärzte dachten das ebenfalls.

Dann kam der Vorschlag, eine Arbeit in den Staaten anzunehmen. Das Ende des zwittrigen Chamäleon-Daseins. Luiza war von dieser Aussicht begeistert. Ich wusste, dass es nur ein anderer Ausdruck für die vorzeitige Pensionierung war. Einigermaßen gut abgesichert, hätte ich an einer Polizeiakademie unterrichten sollen. Wieder sollte ich mich in eine Reihe stellen und auf einem frostigen Schulhof gemeinsam mit Anderen, diesmal mit amerikanischen Rentnern, das Lied von Zufriedenheit und Glück singen. Zudem hatte ich das Gefühl, dass ich überhaupt nichts geschafft hatte. Die restlichen Faschisten gingen in Brasilien, Chile oder Argentinien weiter erfolgreich ihren Geschäften nach, der Kommunismus kam mir unsterblich vor, und ich spürte, dass ich meinem Heimweh gegenüber gar kein gleichrangiger Gegner mehr war.

In der Nacht betrat Johana meinen Traum. Sie lächelte mir zu und nahm mich an der Hand. Und ihre gelben Augen leuchteten uns auf den Weg durch die trübe Brühe in diesem Graben voller Dreck. Sie erinnerte mich daran, dass mein Tod allein mir gehört. Zunächst konnte ich nicht glauben, dass es so einfach sein könnte; vielleicht deshalb, weil ich es mein ganzes Leben lang gewohnt war, Dinge immer verzerrt zu sehen, und nie hatte auch nur eins von ihnen einen Sinn ergeben. Aber schließlich begriff ich es. Schließlich stand es längst in meiner Handfläche geschrieben. Und dann tanzte Johana. Langsam begann sie mit den Hüften zu kreisen. An ihren angespannten Unterschenkeln zeichneten sich deutlich ihre feinen Muskeln ab. Der zerschlissene Rock rutschte. Sie tanzte wie damals, und ich betrachtete wieder ihre geschmeidigen Bewegungen. Alles beschleunigte sich, die Flecken auf ihrem Rock wirbelten herum ... Ihren Atem, der plötzlich wie ein pfeifendes Keuchen klang, vernahm ich irgendwo inmitten der Zeit, die dahinschwand zwischen grünen Lianenranken, die spöttisch von einer Seite zur anderen schaukelten, neben einem riesigen Baum, in dessen Rinde die Spuren einer scharfen Axt zu erkennen waren. Und ich sah in diesem Moment die Dinge so, wie sie tatsächlich waren, und zum ersten Mal hatte ich nicht das Verlangen, sie unter mehreren Verwehungen verdeckt zu wissen. Ich nahm wie sie eine Spitzhacke zur Hand und stürzte mich auf mein Heimweh, das mich in den Tod treiben wollte. Und Johana tanzte weiter. Ich wusste, dass in diesem Augenblick kein Schuss fällt und niemand sterben muss.

Ich liebe dich

(Marta)

»Ich liebe dich«, sagte Blauauge noch einmal. Ich hatte gerade einen Brief von meiner Mutter bekommen. Den ersten nach zwei Jahren. Sie schrieb, dass sie sehr zufrieden sei, dass ich zwei Jahre lang kein Geld von ihr wollte, und dass ich mal überprüfen sollte, ob ich auch in Brasilien so einen Erfolg haben würde. Dort sei das nämlich viel schwieriger als in Prag. Nach ihrer Arroganz hatte ich wirklich keine Sehnsucht. Allerdings hatte sie mir nicht einfach nur so geschrieben, um meinen Fleiß und meine Selbstständigkeit zu loben. Sie schrieb mir, dass es niveaulos sei, sich nicht um die eigene gebrechliche Mutter zu kümmern. Das war neu; ich wusste nicht, dass sie gebrechlich war und seit wann. Mehr schrieb sie nicht. Sie kannte mich gut genug, dass ihr klar war, dass das in meinem Kopf anfangen würde zu arbeiten. Und das tat es auch. »Ich liebe dich«, hauchte Blauauge, weil er sah, wie finster ich dieses Blatt Papier anstarrte.

»Dann fahr doch hin und schau nach dem Rechten, versuch doch, für eine Weile zurückzugehen.« Ich konnte mir das nicht vorstellen. Ohne ihn zu sein und ihn gegen meine Mutter einzutauschen. »Du kannst sie dort nicht allein lassen. Du hast gewusst, dass das mal kommen muss«, konstatierte altklug dieser Idiot, von dem ich nicht einen Schritt weg wollte. »Und ich muss auch mal eine Weile allein sein. Die Dinge in meinem Kopf ein bisschen sortieren.« Ich wusste nicht, was für Dinge er da in seinem Kopf sortieren wollte, und dann sagte er es mir endlich, dass er seine manische Patientin schrecklich angebrüllt hatte, für die er über ein Jahr eine Engelsgeduld aufgebracht hatte.

»Die Tabletten, die fast zehntausend Kronen kosten, hat sie in den Müll geschmissen, weil ihr irgendeine Heilerin aus dem Mittelböhmischen Waldgebirge erklärt hat, dass sie jetzt keine Chemie mehr zu nehmen braucht. Dass ihre Aura jetzt fröhlich orange leuchtet.«

Er hatte sie angeschrien, sie sei eine dämliche Kuh, aber leider war gerade die Schwester dabei, die uns beide nicht leiden konnte, und die ist sofort zum Direktor gerannt und hat ihn angeschwärzt. Er musste bei ihm antanzen, und dort haben sie ihm mitgeteilt, dass sie ihn nur deswegen nicht rausschmeißen, weil sein Vater der Primar von der Anti-Alko war. Er hat die Erniedrigung geschluckt und ist von allein gegangen.

»Ich mache meine Dissertation fertig und nehme eine Stelle an der Uni an, die mir ein Bekannter angeboten hat.«

Das war eine gute Lösung, auch wenn Blauauge eher in die Praxis gehörte, zu den Menschen; aber einige Zeit am Pult könnte ihn bestimmt auch in eine andere Richtung führen, er wäre nicht mehr so erschöpft nach den Nachtdiensten und könnte sich einfach ein bisschen ausruhen.

»Du willst also, dass ich zu meiner Mutter fahre?«

»Nein, das will ich nicht, aber ich weiß, dass du dir das ewig vorhalten wirst, wenn du nicht fährst, das ist doch wohl klar, oder? Und unter uns: Du solltest dir mal überlegen, was du mit dir anfangen willst. Du kannst doch nicht bis in alle Ewigkeit Schals stricken und ab und zu in einer Bar Kaffee servieren.«

Er hielt mir einen Vortrag, dass ich ein normales Abitur nachholen sollte und mich dann entscheiden, wie es weitergehen soll. Er wollte also, dass ich abhaue. Da bin ich eben abgehauen.

Krieg

(Lena)

Meine Mutter hat mir eine E-Mail geschickt, dass auf der Farm ein Krieg ausgebrochen ist. Vor ein paar Tagen ist sie mit dem Vorarbeiter Lelé ins Städtchen einkaufen gefahren. Lelé wog gerade einen neuen, herrlich verzierten Gürtel in seiner Hand. Er registrierte, wie im Laden jemand leise redete. Er war ein erfahrener Fährtenleser, und so schlich er sich leise an und hörte eine Weile zu. Wenn im Städtchen nämlich jemand flüsterte, dann hieß das nichts Gutes. »Endlich prügelt die da wer raus, die zwei Trullas aus der Stadt, die könnten denen gleich das ganze Land abknöpfen, damit sich's lohnt.« Lelé fuhr seinen Hals aus, so weit er konnte, aber die letzten Worte hatte er nur noch mit Müh und Not gehört. Dann kam die große Verkäuferin in der schmierigen Schürze zurück, und Lelé kaufte bei ihr den neuen Gürtel und auch gleich noch eine Schachtel scharfe Patronen.

»Wozu die Patronen, Senhor Lelé, bereiten Sie sich auf einen Krieg vor, oder was?«

»Na klar, auf den Krieg, was denn sonst? Wir haben ein paar knallharte Burschen aus der Stadt engagiert, die brauchen was, das sie sich in ihre Knarren stopfen können.« Lelé war von hier und wusste ganz genau, was er dem alten Nilpferd sagen musste. In einem, maximal zwei Tagen würde das ganze Städtchen wissen, was er zu ihr gesagt hatte, und genau das wollte Lelé. Meine Mutter hatte auch gehört, dass sich eine große Horde von Landstreichern und Landlosen heimlich, durch die Regierung mit Waffen ausgestattet, vom großen Fluss her näherte und aus dem Süden Kurs auf Mutters Land genommen hatte, dass sie aber planten, unterwegs auch einige kleinere Farmen zu besetzen.

Meine Mutter hatte ein ausgeprägtes Organisationstalent für alles. Einschließlich Kriege. Zunächst einigte sie sich aber mit den anderen Farmern, unter ihnen auch Roberto, dass sie versuchen würde, den Landlosen eine Anstellung anzubieten, gegebenenfalls auch ein kleines Stück Land an den Rändern der Farmen. Die Unterhändler wurden von der Bande zum Teufel gejagt. Keiner von ihnen wollte auf einem kleinen Stück Land arbeiten und erst recht nicht bei jemandem angestellt sein. Sie wollten ihr eigenes Land. Sehr viel Land.

»Ihr habt keine Maschinen, ihr lasst die großen Ländereien doch eh nur brachliegen. Ihr habt kein Geld, um Vieh zu kaufen.«

»Hau ab, dahin, wo du hergekommen bist. Mach hier nicht einen auf schlau, du bist doch bloß ein Weib aus der Stadt«, lautete ihre Antwort. Die alte Leier. Alle wussten doch, wie die Träume von der Kollektivierung immer wieder ausgehen. Wilde Banden, die die Regierung zu ihrem Vorteil ausnutzte und die dankbare Wähler waren, weil die ganz oben bei ihren Aktionen beide Augen zudrückten und sie in Ruhe ließen. Wohin sie kamen, schlugen sie die Ausrüstung der Farmen kurz und klein, schlachteten das Vieh und aßen es auf, und wenn sie dann doch wieder abzogen, wuchs an den Stellen, wo sie ihre provisorischen Lager aufgeschlagen hatten, über Jahre gar nichts mehr. Der Boden war verseucht von Nichtstuerei und Borniertheit.

Meine Mutter ließ nicht locker. Gemeinsam mit den anderen Farmern bearbeitete sie die Richter in der Hauptstadt so lange, bis sie die Erlaubnis zur Selbstverteidigung in Notwehr erhielten. Sie konnten sich also auf den Krieg vorbereiten.

Zunächst legten sie tatsächlich für die knallharten Burschen aus der Stadt zusammen. Farblose Knaben mit kalten Augen. Jeder kannte sie also. Von Zeit zu Zeit, wenn sie in Deckung gehen mussten, weil sie irgendwem unbequem geworden waren, tauchten sie auf den Farmen auf und suchten Arbeit. Sie stellten niemals Fragen. Vor allem nicht nach der Höhe der Bezahlung. Daran konnte man sie erkennen. Sie hatten keine Freunde und kannten sich mit Waffen und der Arbeit eines Cowboys aus. Sie wurden strategisch über alle Farmen verteilt, sie waren geübte Schützen, meist arbeiteten sie in der Stadt als Objektschützer, die auf Einbrecher sofort schossen, oder als Auftragsmörder für unliebsame Konkurrenten. Sie waren zuverlässig und verschwiegen. Nach einer Weile verschwanden sie wieder. Rund um die Farmen wurden Gräben ausgehoben, Scheinwerfer wurden angeschafft und große, manchmal dreißig Kilo schwere Mastiffs, wie sie die Römer bei ihren Gladiatorenlustbarkeiten eingesetzt hatten. Der Krieg hatte begonnen.

Meine Mutter schilderte mir in ihren E-Mails den Verlauf der Operationen und die Posten für den Kauf von Waffen und Freischützen.

»In dem Krieg da könnte's Ihnen an den Kragen gehen, Lady«, erklärte das Nilpferd aus dem Laden meiner Mutter.

»Und wenn ich meinen Kragen einbüße! Aber ich werde nicht die Einzige sein«, hat meine Mutter sie angeblich abgekanzelt. Das wiederum hat mir Lelé geschrieben; er hatte Angst um meine Mutter, aber er hat auch geschrieben, wenn sie den Krieg gegen »diese Dreckskerle, die nichts als ihren nackten Arsch haben«, gewinnen wollen, dann nur unter dem Kommando meiner Mutter. Und ich saß in Prag am Rechner und hatte einen Kloß im Hals.

Im Reisebüro lachten sie ausgiebig, weil ich sofort ein Flugticket haben wollte – etwa zwei Tage vor Heiligabend –, und konnten am Ende tatsächlich keins auftreiben. In der Zwischenzeit sorgten meine Mutter, Lelé, Roberto und die anderen Eigentümer und Angestellten dafür, dass sich die Kunde von den Kriegsvorbereitungen bis in alle Ecken der sumpfigen Ländereien verbreitete. Alle sollten wissen, dass »die Trulla aus der Stadt« eine Bürgerwehr der Farmer organisiert hatte. Die Landstreicher und das dubiose Gesindel aller Art, das sich an sie drangehängt hatte und sich stolz als »Landlose« bezeichnete, rotteten sich gut fünfzig Kilometer vor dem Städtchen zusammen. Sie schärften ihre Sicheln, brachten die alten Patronengurte in Ordnung und warteten auf eine geheime Waffenlieferung von linken Organisationen aus den größeren Städten. Sie sollten sich des Landes bemächtigen und es unter dem kämpferischen Brüllen des Liedes »Die Revolution, der einzig leuchtende Pfad im Dunkeln« gerecht unter sich aufteilen. Die Berichte darüber, dass sich die Farmer gegen sie verbündet hatten, hielten sie für erfunden. Sie rechneten mit allem: mit Kampfhunden, mit angeheuerten Scharfschützen und im Erfolgsfall, wie schon so oft, damit, dass man ihnen Felder und Weiden widerstandslos übergeben würde. Dass die ewig zerstrittenen und sich gegenseitig konkurrierenden Farmer ihnen nun vereint gegenüberstehen würden – ach wo, davon stand schließlich überhaupt nichts auf den aus Venezuela importierten bunten marxistischen Flugblättern. Angesichts der Möglichkeit eines Krieges winkten sie demzufolge nur ab.

Bloß – da kannten sie meine Mutter nicht. Sie hatte jahrelang als Anwältin gearbeitet. Sie konnte sich vorstellen, was in den Köpfen der verschiedenen Gauner und Ganoven vorging, die auch ihren Anteil an der »gerechten« Sache der Bodenreform haben wollten, die schon seit Jahren in den Schubladen der Bürokraten dahinmoderte. Außerdem waren ihre Argumente von bestechender Logik. Sie rief die Farmer zu einer Sitzung in einem grau gestrichenen Schuhkarton zusammen, wo die regelmäßigen baptistischen Gottesdienste abgehalten wurden. Es war der einzige größere Gesellschaftsraum im Städtchen, und meine Mutter stieg auf die Kanzel und legte los. Sie sprach kurz und bündig, und ich kann mir genau vorstellen, wie sie etwas sagte wie: »Wir haben von allem mehr, wir werden uns nicht vor dem Wolf fürchten, auf gar keinen Fall.« Mit der gleichen Rasanz, mit der sie mich immer zum Zahnarzt geschickt hat oder meine Großmutter als ihre Vertretung zur Elternversammlung. Die Farmer glaubten ihr wirklich, dass es keinen Grund gab, dass die Landstreicher nicht wieder dorthin abziehen würden, wo sie hergekommen waren.

Sie hielten etwa drei Tage rund um die Uhr Wache. Die Knaben mit den kalten Augen waren auch schon eingetroffen, die Gräben um die Farmtore herum ausgehoben, in der Nacht wurden starke Scheinwerfer eingeschaltet, und es würde mich nicht wundern, wenn nicht auch die eine oder andere alte Tretmine, die mein Großvater als Souvenir aus dem Chaco-Krieg in Paraguay mitgebracht hatte, bereitgelegen hätte. Das Vieh stampfte unruhig mit den Hufen auf und wollte nicht fressen. Hin und wieder jaulte ein Hund die Dunkelheit an. Meine Mutter ritt von Farm zu Farm, mit kariertem Hemd, Cowboy-Lederhose und Großmutters

Hut, und kontrollierte und organisierte alles, und vor allem flößte sie den etwas blass gewordenen Farmergesichtern Zuversicht ein. Das war ihr Lieblingsjob. Ich bin mir sicher, dass sie mir noch auf ihrem Totenbett erzählen wird, dass sie eigentlich nur ans Meer in Urlaub fährt. Sie schickte Lelé auch als Kundschafter aus, weil der Stunde um Stunde mit dem Aufstöbern von Wild zubringen konnte, das er zwar oft genug vor die Flinte bekam, aber eigentlich hatte er nie etwas geschossen, weil er dazu Tiere viel zu sehr mochte und fast Vegetarier war, der nur ab und zu aus Höflichkeit ein Stück Hühnchen aß. »Sie sind unterwegs«, verkündete Lelé am vierten Tag ganz außer Atem.

Die Landstreicher waren angeblich in den klapprigen Bus gestiegen, mit dem sie immer durch die Gegend kutschierten. Sie fuhren einen großen Bogen über Feldwege, an ihren Reifen blieb der rote Schlamm kleben. Sie waren bis zu unserer Farm gekommen, gut zwei Kilometer an die ausgehobenen Gräben heran. So was hatten sie wahrscheinlich zum ersten Mal gesehen. Als sie bis auf Schussweite heran waren, waren alle von der grellen Mittagshitze des Dezembers geblendet, die einem große, feurige Löcher ins Hirn brannte. Ein Kerl mit eiskalten Augen zielte und zerschoss die aufgeheizten Vorderreifen des Busses. Die Landstreicher stürzten hinaus und nahmen Feuerstellung ein. Die in den Gräben verborgenen und von den Scharfschützen gedeckten Cowboys stürmten los, und mit ihren langen Peitschen mit den Ketten am Ende bemühten sie sich wild entschlossen, auf die Hände zu zielen, die Sicheln und Pistolen umklammert hatten. Als die Konfiszierungsmeute der Landstreicher die unbarmherzige Übermacht erkannte, zog sie sich zurück. Sie ließen den Bus Bus sein und flohen ins nahe Dickicht des Urwalds. Mit Macheten schlugen sie eine kleine Lichtung und beratschlagten, was nun zu tun sei. Lelé schlich ihnen hinterher.

Eine Weile sollen sie gestritten haben, ob sie komplett abziehen, oder ob sie probieren sollten, noch eine andere Farm zu überfallen. Sie beschlossen, ihr Glück zu versuchen – diesmal bei Roberto. Bei uns blieben nur ein paar Wachen zurück, alle anderen verlagerten sich zu Robertos Ländereien. Die lagen abschüssig direkt zum Fluss hin, zu einem seichten Nebenarm voller Krokodile, Piranhas und Wasserschlangen. Der Angriff war diesmal heftiger, nicht verpfuscht durch eine Überraschung und das erniedrigende Heraushüpfen aus dem unter Beschuss liegenden Bus. Es schossen sogar kleine unterernährte Jungs aus den Favelas, die sich den Landstreichern vor einigen Wochen angeschlossen hatten. Die haben vor überhaupt nichts Angst. Im Gegenteil, ihnen kommt das ganze Bekriegen, das Geschieße und Gekämpfe wie ein einziges gigantisches Spiel vor. Die kleinen Teufel können weder lesen noch schreiben. Dafür können sie schießen. Ihr Leben ist ziemlich kurz und voll mit Straßenlangeweile.

Einer von ihnen erwischte Roberto, als er auf seinem Pferd in den Fluss ritt. Wahrscheinlich wollte er die Kinder mit irgendeiner Anweisung stoppen. Er kannte ihre Gewohnheiten nicht, weil er die Favelas nicht kannte. Und er glaubte nicht, dass irgendein Kind eine Pistole auf ihn richten und abdrücken könnte. Roberto war der einzige Tote in diesem seltsamen Krieg. Angeblich erstarrte für ein paar Augenblicke alles. Dann stürzten sich Robertos Cowboys und die Hunde auf die Landstreicher, und kurze Zeit später hatten sie sie definitiv in die umliegenden Sümpfe getrieben. Sie schafften es allerdings nicht mehr, Robertos Körper aus dem Fluss zu ziehen. Er ist in den Mäulern der Krokodile begraben oder aufgespießt auf die winzigen, nadelspitzen Zähne der Piranhas.

Das alles hat mir Lelé erzählt, als ich endlich kommen konnte. Ich ging dann oft zum Fluss, im Gebüsch funkelten die Augen der scheuen Ameisenbären, und ich versuchte mir das grüne Hemd vor Augen zu rufen, das so gut zu den grünen Augen des Trophäen-Mannes gepasst hatte. Manchmal gelang es mir. Manchmal nicht.

Wut
(Marta)

Ich war immer noch wütend. Auf diesen blauäugigen Trampel, der es gewagt hatte, meinen alternativen Bildungsweg in Frage zu stellen. Das durfte nur ich. Vor allem aber war ich stinksauer, dass er unser Glück als Provisorium betrachtete, das wir noch irgendwie aufhübschen sollten. »Was ist falsch daran, wenn er will, dass du ein richtiges Abitur hast und einen Beruf?«, redete mir die unter allen Umständen praktische Luiza ins Gewissen.

»Ich bin ihm nicht gut genug«, brachte ich die logischen Gegenargumente vor. »Und er will mich loswerden.«

Ich war verletzt und hatte Angst. Wieder begann in meinem Kopf das Chaos zu rotieren, aus dem Beklemmung sickerte. Schon dachte ich, dass es in Prag langsam damit aufhören würde. Bloß genügte der erste Schlag, der mein schlampig geflicktes Selbstbewusstsein traf, und die totale

Verwirrung stiefelte in Army-Boots fröhlich kreuz und quer über mein erbärmliches Ego. Außerdem war Lena weg. Sie fehlte mir wahnsinnig. Ihr Streben nach Perfektion. Ihr Wille, dass Dinge, die passierten, einfach so gut wie möglich waren. Ich hatte längst aufgehört, das für Überheblichkeit zu halten. Nein, sie veredelte eben nicht nur Stiere, sondern auch die Wirklichkeit ihres Lebens. Sie wollte ein perfektes Dasein hervorbringen, und je mehr sie daran scheiterte, umso stärker suchte sie nach den richtigen Glücksgenen. Sie konnte hübsche Augenblicke schaffen, die frischesten Hörnchen zum Frühstück auftreiben, sich einen Rock im Jahr kaufen, dafür den allerschönsten der Welt. Nun war sie nicht da. Statt ihr lächelte mich im Posteingang eine E-Mail an. Der Bauernkrieg war zu Ende. Ihr Roberto war getötet worden. Sie saß am Fluss und schaute ihm zu. Außerdem bemüht sie sich wieder, ein Cowgirl zu werden. An Prag denke sie oft, aber sie glaube nicht, dass sie zurückkommt. Vielleicht irgendwann, als Touristin, falls die Farm etwas abwirft. Ich sitze hier fest, einsam wie eine Latte im Zaun. Blauauge lässt mir über Luiza ausrichten, ich solle nicht spinnen und mich wie ein Kind benehmen, aber ich bin halt wie ein Kind.

Ich gehe am Abend zur Moldau. Ich schaue auf den Fluss, der so anders ist als die stinkenden schwarzgrünen Kloaken in Paulo, in denen keine Fische leben und um die Vögel einen großen Bogen machen, damit ihnen die ekelhaften Ausdünstungen nicht zufällig die Flügel verätzen. Ich kann hier herumtrödeln und muss mir dabei nicht die Nase zuhalten. Ich kann nachdenken und werde nicht von vorbeirasenden Autos bedroht, die sich wie eine Lawine dicht am Ufer entlang vorbeiwälzen. Dann kommt die Erleuchtung. Meine Mutter hat Recht. Ich muss nachprüfen, ob ich in Paulo zum gleichen Glücksgefühl fähig bin wie in Prag. Ob dieses Gefühl überall bei mir bleibt. Blauauge kriegt, was er will, und ich werde herausfinden, ob er nicht zufällig nur zum Leben in Prag gehört. Vielleicht habe ich ihn meiner Suche in Prag nur als unvermeidliches »männliches Element« hinzugefügt.

Pläne und Herr Zábojný

(Maruška)

1

Eigentlich habe ich nie richtig von irgendwas geträumt. Oder besser: Ich habe nicht an meinen Träumen gehangen. Der Krieg hat sie mir aus dem Kopf getrieben. Ich habe all mein Sehnen darauf konzentriert, dass mich niemand anzeigt und dass ich überlebe. Das Grau der sich endlos wiederholenden kommunistischen Morgen lud auch nicht gerade zum Träumen ein, und der Traum, dass Jaromír irgendwann zurückkommt, war kein richtiger Traum. Das war eher eine flüchtige und weit in der Ferne liegende Vorstellung.

Pläne machen, das konnte ich allerdings. Und ich machte gerne welche. Etwas zu planen und Dinge Monate im Voraus zeitlich einzutakten, das liebte ich. Nach dem Krieg hatte ich mein erstes Notizbuch mit Kalender in einem schwarzen Ledereinband. Eine wirklich schöne Sache, die ich für mein eigenes Geld gekauft hatte. So begann ich, meine Stunden und Tage in Besitz zu nehmen.

Indem ich sie planen konnte, hielt ich sie in Schach. Im Sommer fuhr ich immer in die Tatra und rechnete sorgfältig für jeden Tag anhand der Landkarte die Länge meiner Routen aus. Schon nach Weihnachten hatte ich mir genau überlegt, wann ich zu welcher Tour aufbrechen würde. Die Zukunft war geplant, aber irgendwie betraf sie mich nicht. Ich durchlebte sie nicht. Sie gehörte mir, sie war durchgeplant, und das war auch schon alles. Mein wirkliches Leben fand nur bei den Verrichtungen auf Arbeit statt, wo mir manchmal schmerzhaft bewusst wurde, dass ich den Füllfederhalter umklammerte, und wenn ich ihn mir aus Versehen oder aus Nervosität in den Mund stecken würde, hätte ich blaue Lippen. Die Vergangenheit, die war viel zu voll mit bitteren Erinnerungen, sodass ich nie zu ihr zurückkehrte. Möglicherweise war mein Leben die vollendete Langeweile, aber es war ausgeglichen. Männer fand ich nur sehr selten attraktiv. Gelegentlich hatte ich mit jemandem ein, wie man damals allzu geheimnisvoll sagte, *Liebesverhältnis*, aber nie war ich in der Lage, die Grenze echten Vertrauens zu überschreiten und jemandes Frau zu werden. Dann hätte ich Jaromírs Briefe verstecken müssen, oder sie aufgeben. Und das war keines meiner *Verhältnisse* wert. Insbesondere, nachdem Jan Zábojný aus meinem Leben verschwunden war.

2

Jan Zábojný. Ich war von diesem Namen ganz betrunken, sein Klang gefiel mir, Jan gefiel mir. Zábojný. Er sagte immer wieder, dass ihn das KZ verändert hatte. Er sagte, dass ihm dort das reine Nichts ins Gesicht gehaucht hatte.

Manchmal kam es mir so vor, als könne er mir nicht verzeihen, dass ich nicht auch dort gewesen bin. Als ich ihm das bei einem Streit an den Kopf warf, wünschte ich mir sehr, dass er antwortet: »Ach komm, du übertreibst, du bist hysterisch!« Stattdessen senkte er den Kopf und sprach leise in seine Handflächen: »Ja, vielleicht hast du Recht. In der schwärzesten Ecke meiner Seele hasse ich dich dafür, dass du nicht dasselbe durchmachen musstest wie ich.«

Er machte gern aus allem ein Geheimnis. Und gleichzeitig hechelte er leidenschaftlich jeden Tratsch und alle Liebespaare aus dem Ministerium durch, sammelte diese etwas unappetitlichen Informationen, und ich hatte ihn im Verdacht, dass er das nicht nur aus Freude an Klatschgeschichten tat, sondern um die Betroffenen, wenn schon nicht zu erpressen, so doch in einem passenden Moment in Verlegenheit zu bringen. Er lebte allein, nie er lud mich in seine Wohnung ein, er pflegte mit mir nur eine strikt sexuelle Beziehung. Ließ ich mich auf all diese Erniedrigungen ein, weil ich es schon in der Pubertät gelernt hatte, mich zu verstecken, und weil ich es gewohnt war, dass die Dinge niemals so sind, wie ich sie gerne hätte? Ich denke, dass mehr dahinter steckte. Zábojný ähnelte Jaromír, und nicht nur körperlich. Beide hatten spinnenartig lange Gliedmaßen, sie waren kompliziert und hatten etwas von Denksportaufgaben, derer ich nie überdrüssig wurde. Und keiner von beiden wollte sich zu mir bekennen. Jaromír wollte sich nicht gegen die Entscheidung seiner Eltern stellen, und das scheinheilige Getue vor den Kollegen und Bekannten jetzt war wiederum Jans Art, gegen diese Jubelepoche aufzubegehren, die Freimut, Heiterkeit und Brüderlichkeit in die Welt hinausposaunte. Sein Stück *Chandra*, die Schwermut, die er so sehr an den Russen bewunderte, nur von Kleingeist verdorben.

Und feige war ich auch. Ich brachte es nicht fertig, ihm eine Szene zu machen, zu kreischen und ihm seine Hornbrille zu zertrampeln. Irgendetwas sagte mir immerzu, dass ich still sein müsse, sonst wäre alles aus. Ich war mir sicher, wäre ich gegenüber Jan laut geworden, er wäre gegangen. Ja, Jan Zábojný hätte auf dem Absatz kehrtgemacht. Mir wurde aber auch klar, hätte er eines Tages um meine Hand angehalten und mit dem ganzen lächerlichen, heimlichtuerischen Versteckspiel, mit den gelegentlichen Beleidigungen und seiner erniedrigenden Aufrichtigkeit Schluss gemacht, er hätte aufgehört, mich zu interessieren. Wir wussten beide, dass wir nicht die geeigneten Kandidaten für normale Biederkeit waren.

Ich habe Jan Zábojný auch nie getraut, und Jaromírs Briefe habe ich sorgfältig vor ihm versteckt, im doppelten Boden eines antiken Schranks, den ich bei einem Trödler gekauft hatte. Anfangs hatte er mir gar nicht gefallen, aber der Verkäufer mit dem dünnen Schnurrbart flüsterte mir auf einmal zu: »Der Schrank ist für jemanden, der sich elegant was beiseite legen will.« Ich ließ mir das seltsame Versteck erklären und bekam als Zugabe erklärt, dass dieses schwarze bauchige Monstrum seiner untreuen Großmutter gehört hatte, die ein Verhältnis mit einem Aristokratensöhnchen gehabt hatte. Der hatte ihr das Schrankversteck geschenkt, damit sie seine Liebesbriefe irgendwo aufbewahren konnte. Dieses Zeichen konnte ich unmöglich übersehen, also kaufte ich den Schrank.

Zu jener Zeit hauste ich nicht mehr in meinem Kaninchenbau und hatte genug Platz, ihn aufzustellen. Jandl hatte mir nämlich sein Haus und ein Sparbuch vermacht. Das Haus tauschte ich gegen eine Altbauwohnung in Žižkov mit hohen Räumen, wo ich wohl zum ersten Mal in meinem Leben richtig durchatmen konnte. Als hätte sich meine Bangigkeit auf einmal in eine Ecke dieser leeren Räume mit dem Jugendstilstuck verkrochen. Sogar Jan fing an, sich mir gegenüber anders zu benehmen. Respektvoller. Vielleicht verlieh mir die Wohnung die Eigenschaften jener wohlhabenden bürgerlichen Frau von Welt, die möglicherweise einst hier gewohnt hatte. Der schwarze gelackte Schrank ließ sich im Wohnzimmer nieder wie weicher Ruß. Und er tat so, als sei dies der einzige Ort, der seiner Geheimnisse aus dem doppelten Boden würdig war.

Ich ahnte, auf welche Art und Weise mich Jaromír ausnutzte, ich nahm ihm das allerdings nicht übel, denn immer öfter spiegelte sich in den Briefen sein Interesse daran, was aus mir werden würde und woran ich dachte. Ich hatte entsetzliche Angst, dass die Briefe ausbleiben könnten, und bemühte mich deshalb, auch Informationen hineinzupacken, von denen ich annahm, dass sie Jaromír interessieren könnten. Ich tat das so, dass es aussah, als würde ich ihm ganz naiv nur Ereignisse aus dem alltäglichen Betrieb im Ministerium beschreiben. Ich schilderte, wie einsam ich mich fühlte, weil ich Zábojný schon zwei Wochen nicht mehr gesehen hatte. Er war nämlich nach Russland gefahren, um irgendwelche wichtigen Verträge zu unterzeichnen, und würde dann noch ungefähr einen Monat in Moskau bleiben, um an irgendeiner Schulung hinsichtlich der Sicherheitsvorkehrungen im Ministerium teilzunehmen. Ich beschrieb ihm meine Einsamkeit, die ich mit der Lektüre von Dostojewski im Original und dem Abklappern neuer Theaterinszenierungen ausfüllte. Ich weiß nicht, ob ihm meine kindische Konspiration zu irgendwas nütze war, aber später betonte er ständig, ich möge ihm so detailliert wie möglich die Wörter beschreiben, die sich im Tschechischen neu eingebürgert hatten; er wollte die neuesten Witze hören, wollte alles über die avantgardistischen Studentenbühnen erfahren oder wissen, was Strumpfhosen kosteten. Meine privaten Reportagen aus der Prager Schäbigkeit begannen mir mit der Zeit tatsächlich Spaß zu machen. Ich achtete viel stärker auf alles, jede meiner Schilderungen maß ich an Jaromírs hungrigen Fragen; ich hatte das Bedürfnis, ihn zufrieden zu stellen, als wäre davon irgendeine spezielle Belohnung abhängig – in Form eines neuen Briefes.

3

Nach Stalins Tod entspannte sich auch die Atmosphäre im Ministerium. Jan Zábojný begann sich Seidenkrawatten zu kaufen, und in seinen Augen flackerte ein ganz anderes Feuer. Ich ahnte, dass ihm die Idee seines Lebens gekommen war, und zugleich wusste ich mit Sicherheit, dass mich diese Idee nicht mit einschloss. Nach Chruschtschows enthüllenden Reden und zwischen den Anflügen von Kaltem Krieg bekamen auch wir grauen Büromäuse eine Einladung zu einem Treffen in der russischen Botschaft, wo auch, wie mir mein Liebster mit begeisterter Miene zuflüsterte, irgendwelche Amerikaner zugegen wären. In diesem Moment umwehte mich die Erinnerung an die Nähe der Wärme seines nackten Körpers. Jemand fuhr mir mit einer Klinge über den Bauch. Im meinen Ohren läutete sein ironisches Lachen, ich vernahm seine gedankenverlorenen Improvisationen auf der Ziehharmonika – wenn er dachte, ich würde schon schlafen, und im Nebenzimmer leise mit den Fingern über die schwarz-weißen Tasten fuhr. Als wäre in diesem geflüsterten Satz ein Genickschlag versteckt gewesen.

Die Gartenparty war üppig. Eine Menge Kaviar und noch viel mehr Unsicherheit auf allen Seiten. Auch die drei versprochenen Amerikaner waren da, der Erste und der Zweite Sekretär aus ihrer Botschaft und eine junge, blonde Sekretärin mit Ziegengesicht und glatter Alabasterhaut. Jan Zábojný stellte mich vor, und ich war überrascht, dass er gebrochen Englisch sprach; er hatte mir nie erzählt, dass er sich verständigen konnte. Er schwirrte um die Amerikanerin namens Jane herum wie eine Kleidermotte aus meinem bauchigen Schrank.

Ich will keinen Mut haben, ich will nicht feige sein, ich will keine von diesen großen und schweren Empfindungen. Ich will die Dinge geordnet an ihrem Platz wissen, damit sie harmonieren, damit sie keine Verwirrung stiften. Diese Gedanken explodierten in meinem Kopf, als ich den Kiesweg im Garten der russischen Botschaft entlangstapfte. Ich ging zu Fuß nach Hause. Die Scheinwerfer einiger weniger Autos glänzten still in der Dunkelheit. Ich wusste, dass ich dabei war, Jan zu verlieren. Ich würde nicht mehr mit dem Klang seines Namens spielen. Ich wusste nicht, wann es so weit wäre, aber ich war mir sicher, dass es schon bald geschehen würde.

Zwei Tage nach dem Fest, das als das größte Besäufnis mit den Russen seit Ende des Krieges in die Annalen ähnlicher Ereignisse einging, läutete er an meiner Tür. Es war zwei Uhr am Morgen. Sein Gesicht sah kaputt aus, es war weiß wie das Eis, das er sich vorgestern in seine Drinks geworfen hatte, und in seinen Augen lag wilde Entschlossenheit.

»Ich weiß, du musst mir etwas sagen«, wollte ich ihm das Ganze erleichtern.

»Es wird dir wehtun.«

»Wahrscheinlich«, seufzte ich.

»Ich werde nicht um den heißen Brei herumreden.«

»Nein, tu das nicht.«

»Ich will weg, ich will in den Westen«, presste er hervor.

Ich schaute ihm aufmerksam ins Gesicht. Die schmale Linie der Nase, die schönen braunen Augen und die herzförmigen Frauenlippen. Ich kriegte Wut auf diese Lippen, die bestimmt keine guten Nachrichten für mich hatten. »Ich habe mir schon so was gedacht, aber was wird aus dem Kommunismus, was soll der ohne dich anfangen?« Meine Ironie war schwach, so schwach wie meine Chancen, dass Jan bleiben würde, mich bis zu meinem Tod lieben, mir zwei gesunde Kinder machen und wir vielleicht irgendwo aufs Land ziehen würden.

Dann begann der Vortrag. Genauso überzeugend, wie wenn er über die slawische Seele und die Verflochtenheit von slawischen Wurzeln und Schicksalen dozierte. Das Ganze hatte nur das entgegengesetzte Vorzeichen, und hätte der Teufel Jan Zábojný bei sich angestellt, er hätte sich keinen besseren Advokaten wünschen können. »Ich bin nicht in der Lage, hier etwas zu ändern. Überall haben sie durchschnittliche Dilettanten hingesetzt, wer weiß, aus welchen Löchern sie die rausgezerrt haben, und jetzt lässt sich wegen denen hier nichts mehr voranbringen …«

Ich ertappte mich dabei, dass ich ihm nicht mehr zuhörte. Ich wollte nur noch, dass endlich alles vorbei wäre. Dass ich bei diesem Streit oder dieser Trennung, oder was das eigentlich sein sollte, nicht mehr mitmachen müsste, dass es sich nicht wieder so anfühlen würde wie damals, als Jaromír todernst mit mir gesprochen hatte: »Maruška, überleg es dir gut, alles hier in Europa wird ein seltsames Ende nehmen, aber in Amerika können wir uns retten.« Diese Bürde, die Bürde seiner Worte kesselte mich ein. Ich empfand eine nahezu physische Übelkeit. Eine dermaßen große Entscheidung, fürs ganze Leben. Ich wollte die Dinge nicht ins Rollen bringen. Schon als mir Jaromír die Rettung anbot, schon damals hatte ich ihren bitteren Beigeschmack auf der Zunge.

Bloß bot mir jetzt Jan keine Rettung an. Er redete nur in einem fort: »... hier ist alles nur Durchschnitt, nichtssagend. Sie wollen mich an nichts mehr richtig ran lassen. Die Preise, die die Russen für Uran bieten, sind lächerlich, niemand will ernsthaft Geschäfte machen, die Verträge werden vorher im Politbüro ausgehandelt, oder was weiß ich, in welcher Spelunke in Moskau. Hier werden keine echten Entscheidungen getroffen. Und wenn du dieses ganze Elend in Russland sehen würdest.«

Ich stellte ihn mir vor, wie er in irgendwelche Erdhütten steigt und mit ehemaligen Leibeigenen über ihre Armut plaudert und dabei seine neue Seidenkrawatte umhat. Fast hätte ich bei dieser Vorstellung die Beherrschung verloren und losgelacht. Er sollte als Journalist arbeiten, nicht als Beamter in einem Ministerium. Er hatte seinen Beruf verfehlt: Er liebte es, überall seine Nase hineinzustecken, und noch mehr vergötterte er seine hehren Ideale, auch wenn sie von leicht wechselhaftem Charakter waren. Bloß hatte ihm das Verfassen von Aufsätzen angeblich nie gelegen, und selbst die gewöhnlichsten Berichte musste ich für ihn ausformulieren. Dennoch war er ein leidenschaftlicher Leser. Eine seltsame Kombination, als ob seine Geschwätzigkeit vor einer leeren Seite in Habtachtstellung gehen und zu einem Stein erstarren würde, den Jan Zábojný nicht verrücken konnte. Schon wieder hörte ich nicht auf das, was er sagte. Ich wollte nur, dass alles so blieb, wie es war. Tag für Tag. Doch das war nicht möglich, denn die Worte aus Jans Gerede schlugen auf meinem Wunsch auf wie schmutzige Regentropfen.

»... ich will einfach die Kurve kratzen, desertieren, abhauen, weil ich hier nichts mehr fertigbringe. Ich werde zu einer grauen Null. Bei den Amerikanern habe ich gespürt, dass ich dort bestimmt eine Chance hätte. Dieses ewige Hetzen von einer Sitzung zur anderen, diese ganze Verwalterei, das führt doch zu nichts. Ich kriege keine Luft mehr. Wenn das so weitergeht, dann lochen die mich sowieso ein, weil ich keine Lust mehr habe, alles für mich zu behalten.«

Langsam könnte er Schluss machen. Ich wünschte mir so sehr, dass er jetzt sofort seine schlaue Klappe halten würde.

»Und ich?«

»Du?« Er sah mich erstaunt an. »Na, ich kann doch nicht von dir verlangen, dass du hier einfach alles zurücklässt.«

»Was alles?«

»Ich weiß nicht, deine Freundinnen, Prag ...«

»Also willst du mich nicht mitnehmen«, versicherte ich mich.

Er hielt nur einen Moment inne. Wäre diese Pause nur ein bisschen länger gewesen, hätte ich geglaubt, dass es ihm schwerfiel. »Nein, das ist nichts für dich. Ich muss über die Grenze nach Westberlin und habe nicht genug Geld für zwei. Und du bist anders als ich. Du würdest mit der Zeit unglücklich darüber sein, dass du gegangen bist.« Also hatte er für mich entschieden. Er brauchte nicht einmal nachzufragen, ihm war klar, wo ich mich eingewöhnen könnte und was ich empfinden würde. »Du musst endlich erwachsen werden, du bist viel zu abhängig von anderen ... von mir.«

Das Echo dieser Worte. Ein ins Fleisch eingewachsener Splitter, der sich nicht herausziehen ließ. Ich sehe meine Eltern vor mir und höre Mamas beschwichtigende Stimme: »Maruška, du musst jetzt erwachsen sein, du versteckst dich einfach bei deinem Onkel. Er wird sich um alles kümmern. Nur für eine Weile. Danach wird alles wieder wie früher.«

Dieses ganze Knäuel von Echos stoppte jegliche Reaktion in mir, sodass Jan sogar an mir rütteln musste. »Ich habe auch eine Arbeit in einer Bibliothek für dich gefunden. In Prag 6.«

»Wie bitte?« Endlich erwachte ich aus meiner Erstarrung, die mich komplett eingehüllt hatte.

»Wenn ich abhaue, fangen die an, so richtig in meinem Leben herumzuschnüffeln, die finden raus, dass wir ein Liebespaar waren, das könnte sehr verletzend für dich werden.«

»Aber ich ... ich will nicht aus dem Ministerium weg«, wagte ich zu protestieren.

»Und warum nicht? Du verbringst doch sowieso die

meiste Zeit mit Lesen. Was, um Himmels willen, hält dich dort? Solang ich dort war, ja … aber jetzt?«

Ich liebte ihn. Seine unwiderstehliche Selbstachtung. Sein geschwollenes, großmäuliges Gerede. All das strahlte er ab wie von der Sonne aufgeheizte Steine an einem Bachufer. Ich legte mich auf sie und wärmte mich auf. Und obwohl mir diese Steine hier und da am Rücken brannten, konnte ich nie widerstehen, mich auf ihnen niederzulassen. Ich stellte mir die Arbeit in einer Bibliothek vor. »Warum erzählen sich die Leute eigentlich Geschichten?«, fragte ich aus heiterem Himmel. Diese Frage flog aus mir heraus wie ein scharfer Pfeil.

»Wie bitte? Ich erzähle dir hier, dass ich emigrieren will und aus dem Kommunismus abhaue, der mein Traum war, den ich erleben wollte … und du fragst mich so was?«

»Ja, du *erzählst* mir hier was. Das ist es. Du erzählst mir deine Geschichte, und von mir findet sich darin kein Wort, also würde es mich doch interessieren, warum du das eigentlich tust?«

Er musterte mich beinahe hasserfüllt, es kam nicht oft vor, dass ich mich zu einer schärferen Replik durchrang. »Na, dann passt du ja in die Bibliothek, vielleicht findest du die Antwort ja in irgendeinem Buch.« Er schlug wütend die Tür zu, und weg war er.

Ich war erleichtert. Da war jemand verschwunden und hatte für mich gleich auch noch das weitere Schicksal geplant … aber immerhin, es war ein Plan. Ich hatte etwas Greifbares. Ich kündigte und gab an, studieren zu wollen. Ich behauptete, dass ich ein Fernstudium an einer Hochschule aufnehmen wolle und mich in der Bibliothek besser auf die Aufnahmeprüfungen vorbereiten könne. Jaromír konnte ich jetzt nur noch unbestätigten Tratsch schreiben, den ich von ehemaligen Kolleginnen aufschnappte, die in den ersten paar Monaten gelegentlich ungläubig in meiner kleinen Bibliothek vorbeikamen. Von ihnen erfuhr ich auch, dass Jan Zábojný tatsächlich ausgereist war. Nachdem er die Amerikanerin aus der Botschaft geheiratet hatte.

4

Danach lebte ich einfach weiter. Die Tage kamen und gingen. Ein Brief nach dem anderen. Ich warf sie nun nicht mehr in Kästen in Studentenwohnheimen ein, sondern ging mit ihnen zu den verschiedensten wissenschaftlichen Instituten, wo ich sie in den vorher bestimmten Etagen zurückließ, neben einem bestimmten Büro im Mülleimer. Der Kurier war wohl inzwischen mit dem Studium fertig und machte nun eine wissenschaftliche Karriere. Ich stellte mir vor, dass er möglicherweise ins Ausland auf Kongresse fuhr und von dort aus meine Briefe versandte. Es war das Gleiche, als würde ich sie in eine Glasflasche stecken, diese versiegeln und ins Meer werfen, Ankunftsort unbekannt. Ich trug eine große Brille mit einer Perlenkette daran, und die Arbeit in der Bibliothek war für mich tatsächlich wie geschaffen. Darin musste ich Zábojný Recht geben und ihm dankbar sein. Manchmal verliebte ich mich flüchtig, für einen Augenblick, aber immer war ich viel zu sehr auf der Hut, viel zu angespannt, und Männer erkennen das, sie wollen jemanden, der mit sich selbst im Reinen ist. Und sosehr ich mich auch bemühte, seit dem Zeitpunkt, als hinter Jan die Tür ins Schloss gefallen war, waren alle Fächer in meinem Leben durcheinander geraten. Ich war zwar von niemandem mehr abhängig – genau wie Jan sich das gewünscht hatte –, aber vor allem, weil es keinen Kandidaten mehr dafür gab.

Als dann keine Briefe mehr von Jaromír kamen und Luiza anreiste, spürte ich, dass sie die richtige Haushälterin ist, die mir hilft alles in Ordnung zu bringen. In der Klinik konnte ich mich zwar bis zur Erschöpfung und unter professioneller Aufsicht aussprechen, aber niemand begriff tatsächlich, wovon ich redete. Ich pickte auf Anweisungen und Empfehlungen der Psychiater hin Antidepressiva wie ein Huhn, das in der Mastanlage von einer starken Glühbirne wie gelähmt ist. Die mit dem größeren Weitblick sagten etwas von Yin und Yang, von Submissivität und einem Mangel an Lebensenergie, davon, dass ich einen Hang zu männlicher Autorität in Gestalt des verlorenen Vaters hätte, und ähnliche Hypothesen. Das mochte alles wahr sein und wie angegossen sitzen, aber was fehlte, war eine wackere weibliche Hand, die das Saubermachen anging, indem sie zunächst heißes Wasser auf den Fußboden kippt. In den aufsteigenden Dämpfen würde sich dann die Angst auflösen, dass beim Saubermachen irgendetwas staubig bleiben könnte. Wir redeten und redeten, nippten an den gemeinsamen Minuten wie an einem süßen Drink im Kaffeehaus, und wir saßen nicht zwischen weißen Krankenhauswänden, sondern zwischen meinen bunten, deren Putz leise meine Beklemmung schluckte.

Luiza war weder gebildet noch belesen, und oft verkündete sie Klischees wie: »Jawohl, wenigstens weißt du jetzt, was es heißt zu lieben.« Bei jedem anderen hätte das lächerlich geklungen, aber wenn sie es sagte und dabei ihre

Hände in die Hüften stemmte ... ihre belegte Stimme klang dabei, als würde sie irgendeinen absolut grundlegenden Orakelspruch verkünden. Einmal deklamierte sie feierlich mit halb geschlossenen Augen: »Willst du der Liebe Glück erleben, dann vergiss deine Seele.«

Da hielt ich es nicht mehr aus. »Wo hast du denn, bitte schön, dieses pathetische Machwerk her?«

Sie kniff die Augen zusammen, und aus heiterem Himmel erinnerte sie an eine sich wonnig räkelnde, allwissende Katze. »Du, das weiß ich gar nicht. Mir ist, als hätte das in dem Poesiealbum gestanden, das ich von meiner Mutter zum fünfzehnten Geburtstag bekommen habe. Ein hübscher Satz, nicht?«

Aber letzten Endes glaubte ich ihr. Ich glaubte, dass ich die Liebe tatsächlich erlebt hatte. Und nicht nur einmal. Luiza half mir, den Faden wiederzufinden. Egal, dass es zu spät war. Sie sagte auch selber oft: »Spät, aber doch«, was noch schrecklicher klang als: »Es ist wichtig, die Wonne der wesentlichen Dinge zu spüren« (ein Ausruf von irgendeinem ihrer brasilianischen Pathetiker). Aber als sie mich zwang, zum ersten Mal im Leben in die Sauna zu gehen oder mir die Haare ganz kurz zu schneiden und zu bleichen, wie ich mir das immer gewünscht und bei den Fotomodellen in Zeitschriften bewundert hatte, musste ich ihrem »Spät, aber doch« Recht geben.

Ich sehe auch an Luiza, wie sie in Prag wirklich Freude gefunden hat. Und ich mit ihr. An ihren freitäglichen Schwimmbadbesuchen unter allen Umständen, an ihrem täglichen Verzehr von Gemüse, am genießerischen zweistündigen Tafeln, das von dem Ausrufesatz »Kochen ist eine Art von Kunst!« begleitet wurde, an den abgetragenen

Jeans, die, wie sie behauptete, »eine alte Frau zu einer interessanten alten Frau machten«, und an ihrem praktischen Sinn für die Wonnen des Lebens. Zum Eckstein von Luizas Therapie wurde allerdings die japanische Papierfaltkunst *Origami*. Als sie am Badezimmerspiegel meine *Deprex*-Schachteln erblickte, seufzte sie: »... ach, du Scheiße, du bist ja echt krank.« Sie rannte gleich zum Telefon und gab Marta irgendwelche wichtigen Anweisungen, und dann rief sie wiederum Lena an, und sie alle brachten am Nachmittag stapelweise farbiges Papier und ein großes Aquarium angeschleppt und luden alles auf dem Tisch im Wohnzimmer ab. Luiza polierte das Aquarium dermaßen, dass es fast keinen Unterschied mehr zwischen dem Glas und der Luft rundherum gab. Ich wartete ab, was passieren würde. Luiza erklärte mir, dass man ihrer japanischen Nachbarin zufolge angeblich die Genesung eines kranken Menschen zuverlässig herbeiführen könne. Man müsse dazu allerdings tausende von kleinen farbigen Papierkranichen, *Orizurus*, falten. Die Konzentration und die Tatsache, dass beim Falten jemand an den Kranken denkt, sei das beste Medikament der Welt. Ich kapierte aber immer noch nicht. Was haben irgendwelche bunten Papiervögel mit Depressionen zu tun?

Luiza schrie mich zum ersten Mal, seit wir uns kannten, an: »Von dir hab ich echt die Nase voll, also von deinem Desinteresse an *Seelendingen*. Seelenleben, begreifst du? Seele. Psyche. Spiritualität. Geist«, deklamierte sie hartnäckig.

»Oder auch Geisterstunde, Spiritus und Himbeergeist. Bleib mir damit vom Leib«, versuchte ich das Ganze auf eine etwas amüsantere Ebene zu bugsieren.

Doch Luiza blickte todernst, und es war zu sehen, wie wütend sie war. »Wenn ich dir sage, dass ich neben den Statuen auf dieser wunderschönen dramatischen Karlsbrücke schwarze Gestalten sitzen sehe, die auf mich warten, und dass es mich alle Energie kostet, die ich in mir habe, damit ich ihnen keine Chance gebe, mir was anzutun, dann verstehe ich ja, dass du mir kein Wort glaubst – wie könntest du das auch, du bist nicht gerade feinfühlig und hast für solche Sachen kein Gespür. Aber wenn ich dir schon Hilfe anbiete, dann kotzt es mich, verdammt noch mal, echt an, dass du nicht kapierst, was ich hier tue.«

»Also gut, dann erklärt mir die Vögel noch mal«, seufzte ich, und ich sagte das nur, weil es mir leid tat, dass die ansonsten unter allen Umständen so geduldige Luiza so außer sich war.

Marta schaute zu Lena, beide waren verlegen über unseren Streit, also versuchte es Lena noch einmal mit mir. »Das ist ganz einfach, Maruška. Ein *Origami* zu falten, kostet einfach eine bestimmte Zeit, dazu braucht man Geduld. Und dadurch, dass wir für dich Kraniche falten, widmen wir dir Zeit und Aufmerksamkeit, und diese Zeit gibt uns keiner zurück, wir schenken sie dir. Verstehst du?«

Sie fingen an. Alle drei konnten das erstaunlicherweise gleich schnell. Marta und Lena hatten es von ihren japanischen Schulfreunden gelernt, Blumen, kleine Sterne und Tiere zu falten, und Luiza von ihrer Nachbarin. Meine drei Retterinnen legten ihre Finger geschickt auf die kleinen Dreiecke, die dann zu Rauten wurden, sie strichen mit ihren Nägeln die Kanten glatt, und nach einer kurzen Weile flogen unter ihren Händen winzige, fragile *Orizurus* hervor. Mit jedem weiteren kleinen Kranich schwanden still und leise mein Misstrauen, besiegte oder nie geträumte Träume und die Angst vor der hohlen Nichtigkeit, die unter den Schichten gehaltloser Jahre verborgen waren. In dem tiefen Aquarium flatterten so wie in mir selbst die winzigen Papiergeschöpfe herum, sie ließen sich entlang der Wände nieder und lockten mich in eine aus einfachen Freuden gewebte Landschaft. Die geschickten Finger, das gemeinsame Schweigen und ein erleichtertes Aufatmen, wenn ein weiterer *Orizuru* gelungen war. Wir alle schwiegen und bemühten uns, jede Ungenauigkeit zu verscheuchen. Etwa eine Woche lang waren wir damit beschäftigt, das Aquarium zu füllen. Nach vielen gescheiterten Versuchen schloss ich mich ihnen an. Auch meine anfangs von allerlei Unvollkommenheiten heimgesuchten Vögelchen durften sich zu dem bunten Schwarm setzen. Als es genau so viele waren, wie es sein sollten, schauten wir sie einfach nur an. Und fühlten uns mit ihnen wohl.

In der Nacht träumte ich dann davon, dass dieses riesige bunte Knäuel aus Vögeln über eine platte, blutleere Landschaft fliegt und sich langsam auf den ausgestreckten Händen eines braunhäutigen Mädchens mit unnatürlich großen, gelben Augen niederlässt. Es lächelt und flüstert den Papierkranichen etwas zu. Ich habe den großen Wunsch, näher heranzukommen, um das Geflüster hören zu können. Die *Orizurus* nicken mit ihren schmalen Köpfchen, und sie dreht sich auf einmal um, ihre Augen sind plötzlich die Augen aller Vögel, sie glitzern in den Nebelschwaden, die sich unter den nackten Füßen des unbekannten Mädchens hervorwälzen. Voller Verzweiflung wünsche ich mir zu hören, was sie den *Orizurus* zuflüstert, ich habe den Eindruck, dass mein ganzes weiteres Leben davon abhängt, dass ich, koste es, was es wolle, erfahren muss, was sie zu ihnen sagt. »Habt keine Angst, meine Lieben, meine Augen weisen den Weg nach Hause, orientiert euch beim Fliegen an ihnen, haltet euch ans Licht, um jeden Preis.« Endlich verstehe ich die Bewegungen ihres Mundes. Es ist unbegreiflich, aber dort, wo Wörter keine Macht haben, kann ich das Mädchen verstehen.

Als ich Luiza am nächsten Morgen den Traum erzählte, meinte sie, dass es sich um irgendeine Vogelgöttin handeln könnte. Bloß hatte dieses Mädchen überhaupt nicht wie eine Göttin ausgesehen, sie war in jämmerlichem Zustand und ausgemergelt gewesen und hatte weder friedliebend noch bösartig gewirkt. Sie war einfach nur reglos ruhig gewesen. Die *Orizurus* saßen jetzt still im Aquarium, und allem Anschein nach hatte sie ihnen geholfen, dorthin zu fliegen, wohin sie wollten. Ich und Luiza gingen dann in die Bibliothek und blätterten alle möglichen Abhandlungen durch, in denen es Abbildungen der unterschiedlichsten Göttinnen gab und Mythen, in denen Vögel vorkamen, wir lasen japanische Legenden und beschäftigten uns auch mit dem Vorgehen der Auguren beim Wahrsagen. Wir fanden aber nichts heraus. In der Nacht darauf kam der Traum nicht wieder. Die *Deprex*-Schachteln konnte ich zwar nicht wegwerfen, um die Vereinbarung mit den Ärzten in der Nervenklinik nicht zu brechen, aber nach diesem Traum hatten sie für mich nichts Entwürdigendes oder Unüberwindbares mehr. Dank der *Orizurus* wusste ich, dass ich sie eines Tages nicht mehr brauchen würde und dass ich so wie sie meiner Falle entkommen würde, denn tausende Augen würden mir auf den Weg leuchten und ihre Papierflügel würden mir fliegen helfen.

Langsam wurde mir aber klar, dass Luiza wahrscheinlich keine Lust hätte, mit mir nach São Paulo zu fahren. Hier konnte sie noch aufblühen. Ihre Falten würden nicht verschwinden und der etwas krumme Rücken nicht wieder gerade werden, aber sie würde mit jemandem leben, der sie verstand, sie würde sich mit ihm unterhalten, vielleicht in einem Bett schlafen, jeden Morgen für ihn ihre blauen Jeans anziehen, sich seidene Unterwäsche kaufen und mit ihm in bequemen Wanderschuhen über die Hügel spazieren. Langsam würden wir uns voneinander entfernen, und schon jetzt empfand ich das jähe Bedauern. Unsere Freundschaft, die von purem Hass gezeugt worden war, war so kostbar, dass sie sich dieses banale Bedauern nicht verdiente. Ich spürte, dass ich mir einen neuen Notizkalender kaufen und mich zum ersten Mal auf eine wirklich lange Reise begeben sollte.

5

Luiza drückte mir die Schlüssel zu ihrem Haus in Moema, einem Viertel von São Paulo, in die Hand, erklärte mir, wo man in der Küche Licht macht, wo sie den Zucker hingestellt hat und wie das Bettzeug richtig zu behandeln war, damit es von dem feuchten Klima nicht in Mitleidenschaft gezogen würde. Auf die Reise gab sie mir ihr mit verblichenem rotem Samt bezogenes Poesiealbum mit, das sie zu ihrem fünfzehnten Geburtstag bekommen hatte. Auf die letzte Seite hatte sie ein blaues Meer gemalt, darüber glänzten goldene Sternchen, und neben das Bild hatte sie in ihrer übertrieben großen Schönschrift Verse geschrieben, die sie angeblich für mich gedichtet hatte: *Eine klare, eigenartige Nacht. Ich habe keine Angst mehr zu erfahren, wer im Dunkel ich wohl bin.*

Ich legte ihr die Schlüssel zu der Wohnung in Žižkov in die Hand und brachte zuvor noch meine gesamte Garderobe zur Kleidersammlung. Das bestickte Kleid schenkte ich Marta. Ich nahm mir vor, in Brasilien nur in einem leichten Rock, in neuen Jeans und Leinenblusen zu gehen. Ich wollte unbedingt jemand anderes werden, wollte meine Welt einfacher haben oder sie wenigstens komplett in Prag zurücklassen. Und dann konnte es losgehen. Ich flog zusammen mit Marta, und zusammen sollten wir auch wohnen. Ich freute mich darauf, ich hatte mir immer eine Tochter gewünscht, und Martas Mutter war scheinbar auch nicht gerade der Hauptgewinn im Lotto. Eher bei einem richtig miserablen Bingo. Sie versprach mir große Museen, die in mit Kletterpflanzen bewachsener Betonarchitekur residierten, tausende Gerüche und Smog-Nuancen, moderne Kinos, kleine Theater, japanische Märkte mit Essen und das Baden in einem Meer voller Quallen. Es machte mich ein bisschen nervös, als sie sagte, dass man in »Paulo« (sie kürzte es immer so ab) nichts planen könne. »Maruška, in Paulo kommt alles immer ganz anders, als man plant.« Dieses *Anders* hatte, wie ich mich später überzeugen konnte, mit den Ankunfts- und Abfahrtszeiten der Stadtbusse zu tun, mit den höchst absonderlichen Öffnungszeiten der Geschäfte, mit kaputten Geldautomaten, mit Bandenkriegen, die die Stadt sogar eine ganze Woche lang lahmlegen konnten, und überhaupt mit dem ganzen animalischen Chaos dieses pulsierenden Ungeheuers, in dessen riesigem Rachen ich für den Rest meines Lebens das Glück versuchen wollte.

Als wir am Flughafen mit den Gepäckwägelchen mit ihren falsch justierten Rädchen bis zum Taxistand geholpert waren, verschwand augenblicklich der feuchte, ein wenig gullyartig-muffige Geruch Prags aus meiner Nase. Er wurde durch das Gefühl ersetzt, dass ich im Smog ersticke. In einem Flughafenbuffet, wo Marta schnell Zigaretten kaufen ging, überraschte mich ein phantomhaftes, abgemagertes kleines Kind, das inkognito an den Wänden entlangschlich und Geld von mir wollte. Ich gab ihm ein Stück eingepacktes Baguette. Wütend blaffte das Kind irgendwas, haute mit seiner winzigen Hand gegen meinen Plastikbecher mit Kaffee und war verschwunden.

6

Moema ist wundervoll. Von dichten Lianen durchwachsen, in denen große orange Blüten aufblitzen wie kleine Lampions. Ich gehe an den Bäumen mit ihrer feuchten, dornenübersäten Rinde entlang und sammle die abgefallenen orangefarbenen Blüten auf, mit denen der Gehsteig an manchen Stellen verziert ist wie mit einem sterbenden Teppich. Marta ist plötzlich wie ausgewechselt. Viel zerstreuter, fahriger und unzufriedener. Unablässig kritisiert sie irgendetwas, vergleicht, wägt ab. Als würde ihr die Nähe ihrer Mutter keine Ruhe geben, egal, wohin sie geht.

Ich hatte auch schon das Vergnügen mit der Dame, gleich in der ersten Woche, als wir hier eingezogen waren. »Sind Sie verrückt geworden? So weit zu fliegen, um hier sterben zu können? Und meine Tochter soll ihnen dabei wohl auch noch zur Hand gehen«, sprach sie zur Begrüßung und wartete herausfordernd ab, was ich dazu sagen würde.

Ich wusste keine Antwort auf so etwas. Ich war nie schlagfertig gewesen und konnte mir auch keine überzeugenden Ausreden ausdenken. Also sagte ich gar nichts und schenkte ihr Kaffee nach. Sie ließ nicht locker. Ich musste noch mehr hinterhältige Fragen beantworten: Wo der Historiker Palacký bestattet sei und welcher Ort als Libussas Grabstätte gelte. Dann erfuhr ich auch noch, dass ich ja eine feine Kommunistin sein müsse, wenn ich in einem kommunistischen Ministerium gearbeitet hätte. Von diesen Beleidigungen hatte sie einen ganzen Korb voll; wahrscheinlich dachte sie, dass ich mich unter dem ganzen Dreck zusammenkrümmen würde. Ich begriff, wie wahnsinnig schwer das für Marta sein musste: Die einzige Person zu sein, die dieser eleganten Hexe ein Leben lang einfach zuhören musste, weil man ihre Tochter war. Sie empfahl sich nach zwei Stunden und ließ uns Zigarettenrauch und den Nachgeruch ihres luxuriösen Parfüms zurück. Ich lüftete und atmete auf. Ich konnte anfangen, meinen Ausflug zu Lena auf die Farm zu planen. Ich wollte auf kleinen braven Pferdchen reiten lernen, von denen mir Lena versichert hatte, dass auf ihnen sogar ein Mädchen über siebzig sicher im Sattel sitzen würde.

»Jeans hast du ja schon. Ich besorge dir noch irgendwo Kinderschuhe für deine Zwergenfüße, und dann kannst du rumreiten, wie du gerade Lust hast«, versprach sie mir begeistert am Telefon.

Bei all meinen Planungen hatte ich definitiv nicht übers Sterben nachgedacht. Und dennoch würde ich vermutlich hier sterben wollen. Warum nicht? In Prag wäre das ein Sterben in kleinen Portionen. Atemlose Spaziergänge in den bescheidenen Parks entlang der Moldau und dann mit der Straßenbahn zurück nach Žižkov, Leute grüßen, die mir seit zig Jahren begegnen. Der Tod würde langsam heranschlurfen, und eines Tages würde er mich viel zu hastig überraschen. Hier drüben denke ich viel öfter an ihn. Ich beschloss, ihm jeden Tag das Maul mit unerprobten Dingen zu stopfen, ihn irgendwie gut zu beschäftigen, damit er keine Zeit hat, sich von hinten anzuschleichen.

Das Sterben liegt hier unablässig in der Luft. Wenn ich in die Nähe der Favelas komme, was immer passiert, wenn ich vom Bäcker zurückkomme, rieche ich den Gestank des Berges aus Abfällen und Schusswaffen. Das hat mich aus meinem bequemen Schlummer gerissen, in dem ich mich so viele Jahre gewiegt hatte. Ich gehe hier gedankenlos oder verträumt die Straße entlang. Meine Kreditkarte habe ich sicherheitshalber cool im BH stecken, oder ich nehme gar nichts weiter mit, außer ein bisschen Kleingeld, und schaue gut hin, wer über die Straße geht und wie. Es ist ermüdend, und gleichzeitig hält es die Sinne wach und erinnert mich daran, dass ich der Endstation schon viel zu nah bin und einfach immer noch gerne lebe.

Manchmal gehe ich am frühen Abend zu den Hütten dort, die aus allem Möglichen zusammengeschustert sind. Alle sind dann draußen und spielen mit Tamburins und alten Blechbüchsen den aggressiven *Pagode*-Samba. Sie stehen meistens ums Feuer herum, obwohl es heiß ist, und verbrennen stinkende Autoreifen. Am Anfang hatte ich Angst. Marta war böse auf mich, als sie dahinterkam, dass ich abends manchmal hinausging. Bloß lockten mich die Geräusche, das Flackern der Feuer und der Geruch nach gebratenen Sardinen an. Ich bin mir mittlerweile sicher, dass mir nichts passiert. Als ich zum ersten Mal näher kam und sie mich sahen, hatte ich so meine Befürchtungen, dass sie es vielleicht irgendwie falsch verstehen könnten, wenn ich hier herumlungerte; aber als ich regelmäßig kam und immer in einiger Entfernung stehen blieb, luden sie mich irgendwann ein, mir aus der Nähe anzuhören, was sie sangen. Ich verstand nicht besonders viel. Ihr Portugiesisch war, verglichen mit dem von Luiza, schleppend weich, und die einzelnen Laute flossen zu etwas süßlich Unverständlichem ineinander. Ihre Aussprache erinnerte an dick eingekochte Johannisbeermarmelade. Dann begann ich es zu begreifen: Sie waren einfach nicht gern präzise, wollten die Wörter nicht zu Ende bringen, ließen sie nur zur Hälfte erklingen, das war der Trick. Ich schloss nicht Freundschaft mit ihnen. Weder brachte ich ihnen alte Garderobe, noch versuchte ich, etwas über ihr Leben in Erfahrung zu bringen. Sie waren mir gleichgültig und ich ihnen auch. Wir beobachteten uns lediglich gegenseitig, so wie man sich in einem Buch ein in extravaganten Farbschattierungen gemaltes Bild ansah. Die Kinder wollten erstaunlicherweise kein Geld von mir und hefteten sich auch nicht an meine Fersen. Sie begegneten meiner uralten Unlust, irgendetwas zu ändern, meiner lauwarmen, in mehreren Etappen wieder aufgewärmten Existenz und dem Verlangen danach, dass die Dinge Ordnung und Sinn hatten. Die reglosen Kinderaugen sagten mir, dass niemals etwas an seinem Platz sein würde, und in dieser Stadt nach Harmonie zu suchen, das wäre, als wollte man all ihre hungrigen Bäuche füllen oder sie davon überzeugen, dass die Schule die Grundlage des Lebens sei.

Eines der auf einer fettigen Konservendose gehämmerten Lieder summte ich noch mehrere Tage leise vor mich hin. Gesungen hatte es ein etwa zwölfjähriges Mädchen in einer schmutzigen Schürze mit Rüschen; sie hatte dabei ihre Hand geschwenkt und am Ende einer jeden Strophe wütend aufgestampft. Das würde ich gerne zu meinem Begräbnis spielen lassen. Ich würde nur dieses Mädchen einladen, damit sie jedes Mal, wenn die Erde auf dem Sarg aufschlägt, aufstampft, ihre Rüschen schwingt und singt: »Ich habe was ins Meer geworfen, und das Meer hat es verschlungen, ich habe einem dunklen Mädchen meine Liebe hinterhergeworfen, und sie hat mir vergeben.«

Diese Leute waren fähig, ganze Tage lang neben ihren unfertigen Hütten an der Straße zu hocken und die vorbeizischenden Autos zu beobachten, ganz genau so, wie buddhistische Mönche lernen, keinen Sinn im steten Wandel der vorüberziehenden Wolken zu suchen. In ihren Augen fehlte manchmal jeglicher Ausdruck, sie guckten irgendwohin in die Tiefen des Smogs. Ich fühlte mich wie der Geist einer alten, weißen Frau, der bisweilen am Abend nachschauen kam, ob sie schon das Nirwana erreicht hatten.

Der Fährtenleser und ich

(Lena)

»Du kannst doch hier nicht ewig rumsitzen und vor dich hinstarren«, sagte Lelé. Der Fährtenleser. Er mochte zwischen zwanzig und fünfzig Jahre alt sein, nicht älter. Er war weder groß gewachsen noch allzu klein. Als hätte ihn jemand so dimensioniert, damit er in perfekter Weise durch nichts auffiel. Ein eckiges Gesicht und auf dem Kopf eine Zusammenballung tiefschwarzer Löckchen, die aussahen wie aus Synthetik. Er war mir nie so richtig aufgefallen. Er arbeitete vor allem mit meiner Mutter zusammen und zählte auf der Farm zum Inventar, mein Großvater hatte ihn noch als kleinen Jungen angestellt und ihn zu einem hervorragenden Vorarbeiter erzogen, der alles Notwendige konnte. Wir zwei haben ihn einfach von meinem Großvater vererbt bekommen wie einen alten warmen Pullover. Er feilschte um Saatgut, kaufte Futtervorräte ein, verteilte den Lohn, bestellte im Städtchen Impfstoffe, und falls nötig, impfte er das Vieh auch ganz allein. Immer hatte ich nur irgendwie indirekt an ihn gedacht. Er war für mich ein leistungsfähiges Heinzelmännchen oder ein Aufziehroboter. Ich sah ihn auch kaum; wenn er mit der Arbeit fertig war, verkrümelte er sich, um den Spuren von Wildtieren zu folgen. Er mochte die Jungtiere der Affen und verbot den Kindern der Cowboys strikt, welche mit nach Hause zu nehmen und zu quälen. Mit keinem suchte er groß das Gespräch, aber regelmäßig kaufte er sich im Städtchen die einzige Lokalzeitung. Das Lesen hatte ihm mein Großvater beigebracht, und einmal habe ich ihn sogar dabei erwischt, wie er »Grande Sertão« von João Guimarães Rosa entzifferte.

Er wiederholte, dass ich damit aufhören sollte, herumzusitzen und vor mich hinzustarren.

»Und warum?«

»Weil so deine Traurigkeit nie weggeht, das Wasser spült sie nicht einfach so fort; das ist richtig schweres Stück Arbeit.«

Also hörte ich auf ihn. Etwas Besseres ist mir in dem Moment auch nicht eingefallen, ich war wie eine große mit

Stroh gefüllte Lumpenpuppe. Ich schnappte mir meine Lederhose, sattelte ein Pferd, und wir ritten los, um zusammen die trächtigen Kühe auf die Koppel zu treiben. Wir brauchten drei Stunden, und danach unternahmen wir noch einen Ausritt in den Dschungel. Lelé zeigte mir neue, winzige Kolibri-Nester und ein Pärchen gelbblauer Aras, die sogar hier in der Wildnis sehr selten waren. Wir ritten so dahin, und in dieser Stille verschwand die Zeit auf einmal wieder. Bloß hatte ich diesmal keine Angst, Lelé war ja da. Und Lelé hat sicher nichts Derartiges gespürt. Ich aber sah in dieser Zeitlosigkeit, wie in den Tautropfen, die sich in einem riesigen Spinnennetz verfangen hatten, das Bild dieses neu entdeckten Menschen vibrierte. Es war wohl das erste Mal, dass ich sein Gesicht sah. Es war immer noch eckig wie früher, von gleichmäßigen Falten durchzogen, und auf der kleinen Nase prangte kokett eine verblasste Narbe. Lelé gab keine Weisheiten von sich, dass aller Schmerz vergehen werde. Er wusste, dass das nicht stimmte. Aber sein ganzes Wesen strahlte das Bedürfnis aus, mir zu versichern, dass Traurigkeit hier im Dschungel ein allzu großer Luxus war.

Die Rache

(Marta)

Ich bin wieder in Paulo. Ich achte wieder genau darauf, ob sich jemand nach mir umsieht, schaue niemandem in die Augen, um keine Aufmerksamkeit auf mich zu ziehen. Lena sagte immer: »In Paulo ist es genau wie auf der Farm. Wenn du einem Stier oder einem Hund in die Augen guckst, dann ist das eine Herausforderung zum Kampf, und in dem Betonlabyrinth hier ist das genau dasselbe: Blickkontakt in irgendeinem abgelegenen Gässchen in Paulo, das ist das Schlimmste, was du ausprobieren kannst.«

Wohin es nur geht, fahre ich mit dem Auto, und bettelnden Kindern stecke ich immer Bonbons zu. Die können sie wenigstens aufessen und müssen sie nicht abends bei ihren dickbäuchigen Müttern abgeben. Hatte sich ein Kreis geschlossen, oder ist das nur wieder die Fortsetzung eines anderen siebenjährigen Zyklus, in dem ich nach meinem Weg suche?

Frau Hrubešová, der ich die Augen zugedrückt hatte, bekam ein schönes Begräbnis. Der ganze Klub *Nový Slovan* ist dabei zusammengekommen. Die ganzen Tanten und Omis, die jahrelang über Frau Hrubešová hergezogen waren so wie sie über diese Damen. Im *Nový Slovan* war niemand dezent genug gekleidet, ausreichend gottesfürchtig, treu oder so richtig reich. »Wisst ihr, dass die Vaňková, also die, die kein Kerl auch nur anguckt, dass die neulich nachts vollkommen nackt in den Pool gehüpft ist, und gleich mit zweien? … Die scheint sich's ja leisten zu können!« Solche Sprüche, halb geflüstert vermittels gespitzter, mit krümeligem Lippenstift nachgezogener Lippen, waren nur eine kleine unschuldige Kostprobe ihres Einfallsreichtums. Alles, was sich jemand wünschte, war Nahrung für ihre blumigen Verleumdungen, und die wiederum nährten die Hirnzellen der alternden Frauen. Es war eine Art gefährliches, aber gesundes Perpetuum mobile, das über Jahrzehnte hinweg die kleine Insel des Tschechentums inmitten der barbarischen Tropen in Gang hielt.

Das Faultier und sein Koch wurden nach zwei Wochen lästig. Der Koch fing nämlich an sich einzubilden, dass er mich heiraten könnte. Es leuchtete ihm nicht ein, dass ihm irgendein Mädchen einfach *nur so* helfen könnte; dass es nicht passiert ist, weil sie einen Mann braucht. Außerdem ist er höllisch eifersüchtig, und als ich ihm sagte, dass ich in Prag einen Freund habe, antwortete er, dass er gerne einen kleinen Imbiss aufmachen würde und dass es das Beste wäre, dazu das Geld meiner Mutter zu verwenden. Ein interessantes Exemplar der Gattung *Macho total*, das keinen Irrtum an sich heranlassen würde. Dass er aussieht wie ein frisch geschlüpfter Troll und keinen Heller besitzt, beirrt ihn nicht in seiner Überzeugung, dass ich wirklich glücklich wäre, wenn er sich um mich kümmern würde. Also steckte ich das Faultier in die große Holzkiste und brachte es mit Maruška zu Lena auf die Farm. Den Smutje verfrachtete ich in ein Gästezimmer bei den »Neuen Slawen«, damit sich zur Abwechslung mal jemand anderes um ihn kümmert. Meine Mutter ist natürlich überhaupt nicht gebrechlich, die anderen Tanten dafür schon, und so arbeite ich als freiwilliger Chauffeurdienst von der Kirche in den Klub und lerne fürs Abitur. Das *richtige*, wie Luiza gesagt hat.

Meine Mutter rümpft deswegen die Nase und begreift nicht, was mir das nützen sollte. »Du willst dir dein Schulzeugnis von den Kommunisten in Prag anerkennen lassen?«

Ich hörte ihr gar nicht zu. Schon längst hörte ich ihr nicht mehr zu, auch wenn das Gift, das sie verspritzte, immer irgendwie seine Wirkung tat. Ich wollte zurück zu Blauauge, und zugleich fühlte ich mich zu Hause eben einfach zu Hause. Ich kannte die Bar an der Ecke, die Gerüche, die die umliegenden Favelas mit unserem reichen Viertel verbanden, die Verkehrsstaus, die sich nach ihren eigenen, gewohnheitsmäßigen Gesetzen richteten, die Polizisten in ihren schweren schwarzen Schuhen und mit ihren blauen Baretts, die an der Ecke frühstückten und gleich nach dem Frühstück eine Straße weiter möglicherweise einen Drogendealer erschießen würden. Die kleinen Jungen, die für ein paar Cent mit den Hunden schwer beschäftigter Leute Gassi gingen, grüßten mich schon von Weitem, und ich sah darin eine Art Garantie, dass die Welt doch noch etwas mit mir vorhatte. Das Komische war, dass ich mir im viel kleineren Prag fast ununterbrochen austauschbar vorgekommen bin. Obwohl ich jeden Tag am Kiosk in dem Plattenbauviertel meine Zigaretten gekauft habe, hat mich nie jemand gefragt: »Na? Ein Päckchen *Petra*, wie immer?«

Dann kam diese E-Mail, und ich lief am ganzen Körper zitternd in Moema herum und hätte mir an einem Bambuszweig fast noch ein Auge ausgestochen.

Hallo Marta,
ich schreibe, weil du mir einfach fehlst. Ich weiß, du bist sauer auf mich, und du weißt ganz genau, dass ich dir über Luiza mindestens zehn Entschuldigungsbriefe geschickt habe. Ich beneide meinen Vater, dass er jetzt eine tolle Frau hat und dass er sich mit ihr versteht, und vor allem, dass sie bei ihm ist. Du bist weit weg. Ich weiß nicht mal, ob wir eigentlich noch zusammen sind, oder ob du das Ganze definitiv abgeschrieben hast. Ich nicht. Und ich weiß auch von Maruška (wir schreiben uns ziemlich oft), dass dir nur noch die letzte

schriftliche Prüfung fehlt, damit du dieses verdammte Abitur machen kannst, wegen dem wir uns beinahe getrennt haben. Ich jedenfalls hab mich von niemandem getrennt. Du wirst ja wohl keinen Neuen haben. Maruška hat geschrieben, dass du keinen hast. Kannst du mir nicht, verdammt noch mal, so wie sie auch ab und zu schreiben, wie ihr zusammen Knödel kocht und sie dann mit lila gestreiften Blüten garniert und grüne Papageien beobachtet, die auf grünen Palmen rote Beeren futtern? Ich hätte gern, dass du zurückkommst. Ich wünsche mir das eben einfach wahnsinnig. Ich habe eine Stelle für dich als Hilfstherapeutin in der Nervenklinik, ich glaube, du würdest dich dafür eignen. Du kannst Leuten zuhören, du kannst sie aufmuntern, du kannst dich einfach in Andere einfühlen. Das wird anstrengend, du müsstest nach dem Abi noch einen Aufbaukurs machen und dann vielleicht auch ein Studium, aber du würdest das bestimmt schaffen. Du könntest auch den Patienten zuhören und dabei deine Vogelschals stricken. Was meinst du dazu? Kommst du? Wann?

Ich küsse dich überall! Vláďa

Interessant, wie es die Leute um mich herum lieben, wenn sie mir eine Zukunft bereiten können. Also erst ein Aufbaukurs und dann studieren. Die Schals als Hobby. Zurückfahren. Seine Gewissheit. Ich wäre mir auch gern irgendwann mal einer Sache so sicher. Und dann fiel mir Lena ein. Dass Dinge perfekt sein sollen. Ich stellte mir selbst eine schwere Frage: Ich bin jetzt in Paulo. Ist das perfekt?

Es ist okay, aber perfekt ist es nun wirklich nicht. Vladimír fehlt mir, auch wenn ich sauer bin auf seine Gewissheit, was mein Glück und meine Ausbildung angeht. Mir fehlt der Schnee, der wolkenschwere graue Himmel. Das Läuten der Kirchenglocken. Das barocke Pathos. Diese ganze überladene Vergangenheit. Ich wäge Paulo und Prag gegeneinander ab, lege beide auf eine gedachte Waage. Und auf einmal sind sie im Gleichgewicht. Also versuche ich eine Pro- und eine Kontra-Liste zu schreiben. Das hat mir meine Mutter beigebracht. Sie hat sich immer solche Listen gemacht und ihre Entscheidungen dann danach getroffen. Auf meiner Liste steht es etwa fünf zu fünf.

Maruška gab mir den Rat, zu fahren und meine Mutter mitzunehmen. Dieser Gedanke ist mir schon ganz schön lange nicht mehr gekommen. Eine Weile denke ich darüber nach. Wie schon so oft. Mir fällt wieder ein, wie meine Mutter an ihrer Zigarette zog und schrie: »Ich soll also nach Prag fahren und mich dort an die Moldau setzen und vor Glück heulen, wie schön das dort alles ist? Nicht ums Verrecken!«

Früher habe ich nicht echt darüber nachgedacht, weil ich Tschechien nicht gut kannte. Jetzt weiß ich, dass meine Mutter ja vielleicht doch ganz gut da hinpassen würde. Sie könnte ihr Gift noch viel beliebiger verspritzen als in Paulo. In Tschechien würden die Leute sie eher verstehen, weil eine Menge von ihnen ihr ähnlich waren. Ich stelle mir vor, wie ich abreise, und statt der Koffer schleife ich Mamas Wut hinter mir her. Und auf einmal will sie mit mir mitkommen. Kein Geschrei mehr über das Geheule an der Moldau. Und was, wenn meine Mutter meine erste richtige Patientin wäre? Es machte Klick, wie wenn ein Zahnrädchen hübsch diszipliniert in die Rille eines von Nanozwergen hergestellten Minimaschinchens greift. Ja, das würde vielleicht funktionieren. Sie als eine verrückte alte Dame zu nehmen, mit der ich als »Profi« Geduld haben muss. Und es wird ein Probe für Vladimírs Liebe und Ergebenheit. So eine Schwiegermutter findet man nicht so schnell wieder. Endlich war mir eine passende Rache eingefallen.

Hier und mit ihm

(Lena)

1

Mich in Lelé zu verlieben, das ging nicht. Einfach nur so mit ihm zusammen zu sein, das schon. Keine Bekenntnisse, kein: »Geht es dir gerade gut?«, oder: »Was hast du dir dabei vorgestellt?« Lelé arbeitete, und danach war er mit mir zusammen. Erstaunlicherweise war er redselig, wenn wir zusammen waren, und erklärte mir andauernd irgendetwas. Ich stellte fest, dass ich vom umliegenden Dschungel keine Ahnung hatte. Lelé konnte Stunden davon erzählen, wie Ameisenbären Termiten fangen, und dann lockte er nach und nach und mit viel Geduld ein paar von ihnen auf unser Grundstück – indem er mehrere Hügel einer Termitenart umsiedelte, von denen er wusste, dass Ameisenbären ihr nicht widerstehen konnten. Deshalb also stoße ich auf den Weiden nicht auf diese hässlichen Monolithen, die sich die Termiten bauen und die man dann entweder ausbrennen oder wegsprengen muss, und das nützt trotzdem nichts. Lelé vergötterte Ameisenbären, ihre teddyartigen

Körper, die langen flirrenden Zungen und ihre Schwäche für schattige feuchte Plätze am Fluss. Und er erzählte mir Geschichten, die die Indianerkinder auswendig lernen, um Vögel verlässlich unterscheiden zu können.

»Siehst du dort den Schlammbatzen am Baum, der aussieht wie ein Bienenstock?«, fragte er mich einmal.

»Das ist ein Hornissennest oder so was«, versuchte ich mein Glück.

»Nein, das ist der Bau von so einem kleinen, unauffälligen grauen Vogel, den man *João de barro*, also den ›schlammigen Hans‹ nennt. Wenn ihm seine Partnerin untreu wird, dann setzt sie sich freiwillig in dieses komische Nest, und er verklebt den Eingang mit Schlamm, der trocknet, und das Weibchen stirbt dort.«

Bei dieser Vorstellung bekam ich ein flaues Gefühl im Magen. »Das ist aber eine dämliche Legende, oder was das ist.« Vor Wut schrie ich beinahe.

Lelé lachte aber nicht. Er sagte nur, dass das keine Legende ist, sondern dass die Vögel sich wirklich so verhalten. Ich hatte das Gefühl, dass er, wenn er still seine Tiere beobachtete, etwas kompensierte, was ihm einstmals gefehlt haben muss. Ich war mir sicher, dass ihm irgendetwas schrecklich fehlt. Bloß sprach er nie davon. Er folgte lediglich still meiner Fährte. Er beobachtete meine Gewohnheiten, mein Gesicht, studierte meine Gelüste und wusste, welche Zigarettenmarke er mir aus dem Städtchen mitbringen soll. Und mir wurde bewusst, dass ich, sollte ich ihm einmal untreu sein, mich dann höchstwahrscheinlich in ein Nest setzen und mich dort freiwillig mit Schlamm einmauern lassen würde. Und niemals dachte ich an ihn als an meinen Geliebten oder meinen Mann. Er war ein Element in der

Luft, das zum Überleben notwendig war, die Basiszelle, aus der sich jetzt mein Körper zusammensetzte.

2

Ich machte in meinem kleinen Labor gerade die Impfungen fertig, als ich sie durch das Küchenfenster sah. Das altbekannte Basecap noch schmieriger als damals, die nackten, rissigen Füße in den in Auflösung begriffenen Schlappen, ein exzentrisches, mit trüb gewordenen Pailletten übersätes Kleid. Sie hatte keine Waffe, nur einen großen grünlichbraunen Rucksack auf dem Rücken, dessen Lederriemen voll fettiger Flecken waren. Sie blieb vor dem Labor stehen und bellte los: »Da bin ich.«

Ja, das konnte man sagen. Sie war da. Diesmal wollte ich mir definitiv nicht aus den Karten lesen lassen. Ich wollte nicht erfahren, dass Lelé mir eigentlich gar nicht gehörte oder dass er morgen im Wald in eine tiefe Grube fällt und dass ihn zur Strafe die Termiten auffressen, weil er ihnen die Ameisenbären auf den Hals gehetzt hat.

»Das hier wird mein Altersruhesitz«, verkündete sie und schlurfte auf das Haus zu, in dem Lelé wohnte. Bevor sie dort angekommen war, erblickte sie auf einem Regalbrett unsere getrocknete *Macumba*-Kugel. Sie gackerte mit einem Krächzen los, und schon hatte sie sie in der Hand. »Was für'n Stümper hat das denn fabriziert? Das soll wirken? Hahaha.« Sie warf die Kugel in die Luft und trat danach. Der trockene Schlamm knisterte leicht, und was noch übrig war, zertrat das Weiblein mit ihren Schlappen.

Mit weit aufgerissenen Augen starrte ich eine Weile auf dieses unglaubliche Geschöpf. Als hätte mir die Hölle selbst bekannt gegeben, dass sie auf ihre alten Tage bei mir bliebe. Ich lief ihr hinterher und fand sie in Lelés winziger Küche am frisch geschrubbten Tisch sitzen, wo sie sich die farbige Beilage der Zeitung besah.

Lelé saß ihr gegenüber und lächelte. »Das ist meine Mutter«, verkündete er leise.

»Deine Mutter also, ja? Das hättest du ruhig früher mal erwähnen können, als sie uns hier mit ihren ganzen Prophezeiungen auf den Geist gegangen ist ...« Ich kochte vor Wut, und ich hatte große Lust, dem auf Hochglanz polierten Tisch ans Bein zu treten. Und dann auf Lelés peinlich besorgter Reinlichkeit herumzutrampeln und auf seinem ausgeglichenen Gemütszustand.

»Ich war doch damals in Paulo braune Stiere kaufen«, erklärte er mir ruhig. »Keiner hat dir was gesagt, weil alle wissen, dass ich mich ein bisschen für meine Mutter schäme und nicht will, dass das irgendwie kommentiert wird.«

Die alte Vettel grinste amüsiert, machte es sich auf einem Sessel bequem und schlief unter dem altmodischen Ventilator ein. Lelé drehte sich bedächtig eine Zigarette aus schwarzem Tabak, bot mir auch was an und fing dann an zu erzählen, wie sie ihn hier zurückgelassen hatte, als er zwölf war, weil sie ihn nicht mehr ernähren konnte. Sie waren zusammen von einer anderen Farm weit im Norden geflohen, von wo sie ihr krankhaft eifersüchtiger Mann mit der Peitsche verjagt hatte, weil er zu dem Schluss gekommen war, dass Lelé ein Bastard war und seine Mutter eine Hure.

»Seit der Zeit hat sie nirgendwo Ruhe gefunden und hat sich bis heute im Grenzgebiet herumgetrieben. Sie hat einfach einen Dachschaden davongetragen. Sie ist dann auf die afrikanischen Kulte verfallen, auf Spiritismus und solchen Scheiß. Ich hatte das Glück, dass mich dein Großvater bei sich behalten und mir alles beigebracht hat. Von ihr als verstoßener Frau wollte keiner was wissen, aber sie ist immer wieder zu mir zurückgekommen. Ich hab ihr Geld gegeben, wenn ich gerade welches hatte, und hab ihr versprochen, wenn sie genug vom Rumziehen hat, dann kann sie wieder bei mir wohnen.«

Ich gab zu, dass ich mich vor ihr fürchtete. »Ich kriege eine Gänsehaut, wenn sie anfängt zu reden«, presste ich heraus.

»Da kann ich dir auch nicht helfen. Ich hab auch manchmal Bammel, wenn sie anfängt, an allem rumzunörgeln, aber sie ist meine Mutter, verdammt noch mal! Nicht jeder hat so ein Glück und kriegt so eine nette Mutter ab wie du.«

Und da hatte er Recht. Was das angeht, hat irgendwer dort mal nicht auf mich gehustet, auf Lelé allerdings schon. Ich lachte los. Angesichts der Vorstellung, dass mein höchstpersönlicher Teufel gleichzeitig meine Schwiegermutter war.

Nach Hause

(Marta)

1

Maruška ist mit dem Nachtbus zu Lena in den Süden gefahren, das Faultier klappert mit seinen Krallen nicht mehr über den betonierten Hof, und meine Mutter hat fertig gepackt. Sie fährt nach Hause. Und wird nicht mehr hierher zurückkehren. Sie hat alles verkauft. Sie will sich in Prag ein Haus kaufen und mit mir zusammenleben. »Ihre Seele muss zurück, sonst kann sie sich ihre Flucht nie verzeihen«, sagte eine Nachbarin, die ein Abo für die *Spiritistische Revue* hatte. Irgendwas wird schon dran sein, und ich hoffe, dass sie irgendwo auf ihre verlorene Seele stößt. Ich werde versuchen, ihr dabei zu helfen, werde mit ihr nach energiegeladenen Orten suchen, ihr Steiners Schriften vorlesen und mich endlich einmal bemühen, ihr länger als eine halbe Stunde zuzuhören. Das wird nicht einfach, wir werden uns hundert Mal in die Haare geraten, und ich werde mich zu Blauauge in die Klinik flüchten und um einen Rat betteln. Bloß kommt es mir auf einmal so vor, dass meine Mutter tatsächlich dorthin zurückkehren muss, wo ihr Leben abgerissen war und wohin sie nie den Mut gefunden hatte, sich auf den Weg zu machen, auch als sie dann bereits wieder durfte. Verstehen kann ich sie wahrscheinlich nur in Prag. Schon als ich alleine dort gewesen bin, konnte ich in den angegrauten Gesichtern dieser alten Menschen die gleiche, nagende Wut auf die Geschichte erkennen, oder auf die eigene Feigheit oder etwas Unbestimmtes, das aus der sie umgebenden Geschmacklosigkeit hervorgekrochen war und ihnen das Leben kaputt machte. Ich verstand, dass sie sich mir nicht groß widmen konnte; sie schuftete in der Fabrik, trieb ihre Untergebenen an, sie wollte es packen wie alle Europäer, die gekommen waren und gesiegt hatten. Sie stellte ein chinesisches Kindermädchen ein, sorgte für eine unsinnig teure Schule und hoffte, das würde genügen. Später suchte sie nach etwas Höherem, sie legte sich ins Zeug für Wohltätigkeit, Anthroposophie, verbrüderte Energien, und ich bin mal wieder irgendwo links liegen geblieben, im toten Winkel ihres Interesses. Das erkannte ich erst, als ich es geschafft hatte, mich in Prag allein über Wasser zu halten. Ich weiß, dass ihr meine Schals gefallen, obwohl sie behauptet, dass sie nicht begreift, warum dafür jemand Geld ausgeben sollte. Vielleicht haben wir beide noch eine Chance aufzuhören, aneinander vorbeizuleben. Für einen Augenblick, einen Bruchteil davon, was wir längst hätten tun können.

2

Maruška kommt nicht mehr nach Paulo zurück, sie will den kleinen Cowboykindern Lesen und Schreiben beibringen. Sie wird ihnen indianische Sagen vorlesen, die von den Jesuiten zusammengetragen wurden, und ihnen von Europa und Prag erzählen. Lena hat auf ihrem Grundstück ein cremegelbes Schulgebäude errichten lassen und mir geschrieben, Maruška sei von diesem Gedanken begeistert und die Kinder, die bis ins Städtchen vier Stunden mit einem klapprigen Jeep brauchen würden, auch. Ein bisschen beneide ich sie, dass sie zusammen sind, aber ich gehöre nach Prag. Es war nicht so, dass ich es innerhalb einer Sekunde begriffen hätte, es ertönten dabei keine Fanfaren, es war auch nirgendwo als geheime Botschaft meines Schicksals an eine Wand geschrieben. Die Ereignisse hatten eher so etwas wie einen Aggregatzustand angenommen, der sich sanft dazu äußerte, was ich tun und lassen solle. Und in Prag würde Luiza sein und dieser Mann mit seiner fabelhaften, nach Bildung duftenden Gewissheit.

Lena schrieb mir auch, dass ein Fährtenleser mit Namen Lelé ihre Vorstellungen von der Liebe über den

Haufen geworfen habe und dass Roberto nur noch ein Bild sei, das sie manchmal auf dem Wasserspiegel des Flusses erblicke. Als ich mich auf dem großen pulsierenden Busbahnhof von Maruška verabschiedete, hatte sie in der einen Hand eine Tüte mit Käsekuchen, und die andere umklammerte einen Brief, den ihr Luiza erst auf dem Flughafen gegeben hatte. »Ich brauche ihn nicht mehr, aber er hat mir geholfen. Jetzt lies du ihn und nimm ihn mit nach Prag, da gehört er hin.« Sie lächelte, winkte mir hinter der Scheibe zu und biss dabei von ihrem Kuchen ab. Sie strahlte wie ein Kind, das alle Hausaufgaben fertig hatte und endlich nach draußen zum Spielen durfte. Auf dem Rückweg vom Busbahnhof ging ich in den Ibirapuera-Park, auf den engen Wegen kämpfte ich mich durch Hunde, Radfahrer und lästige Händler, die einem alles Mögliche verkaufen wollten, und setzte mich in das platt gedrückte, gelbliche Gras. Ich begann zu lesen.

In São Paulo, in der Nacht des 18. August 1987

Liebe Maruška,
es bräuchte so wenig, damit alle dort ankommen, wo sie hinwollen. Um das in sich zu ändern, was sie am Aufbruch zu einer Reise hindert. Die Reisewege sind breit und voller Menschen, aber meine waren immer nur einsame schmale Bänder. Vielleicht entschließt du dich und bekommst das Land zu Gesicht, in dem ich gerne war, mich aber nie zu Hause gefühlt habe. Ich hatte Jandl missverstanden. Ich wollte konsequent sein, wollte alles oder nichts. Das war vermessen. Heute gehe ich fort, ich werde lange weg sein, und vielleicht sehen

wir uns nie wieder. Ich zahle jetzt den Preis dafür, dass ich nicht fähig gewesen bin, eindeutig, direkt und ausgeglichen zu sein. Heute habe ich mir selbst die Rechnung ausgestellt. Ich sitze auf dem weiß bezogenen Bett, Luiza ist bei irgendwem zu Besuch. Ich spiele mit der geschliffenen Ampulle, die mir sehr, sehr lange die Hoffnung gegeben hat, dass mich keiner kriegt. Am Ende habe ich mich nun doch für sie entschieden. Sie ist wunderschön. Es ist nicht die hässliche Zyankalikapsel, die ich im Krieg mehrere Male unter der Zunge hatte. In ihr ist nichts Unklares.

Es wird gerade dunkel, alles atmet und summt in der Hast der Autos, die stundenlang in den Staus Schritt fahren und wieder anhalten. Es ist die Zeit, wenn jeder in dieser Stadt liebend gern woanders wäre. Ich denke nicht daran, was danach kommt. Ich sitze auf dem Bett und möchte einfach sterben. Vielleicht wirst du diesen Ort, der aus dem Duft violetter Azaleen geschaffen ist, die wie Wasserfälle auf die Betonbrücken hinabstürzen, irgendwann ja doch kennen lernen. Du bist mich nie besuchen gekommen. Ich wollte das am Anfang auch nicht so recht, aber später schon. Doch du bist in Prag geblieben. Du hattest deine Gründe, und ich habe sie akzeptiert. Ich stieß auf meine Unfähigkeit, Menschen egal zu was zu überreden. Vielleicht begegnen wir uns in der Nacht, in einem Schneesturm. Schon sinken zart die ersten Flocken auf meine Augenlider. Die Wolken sind schwer. Ich sehe die Statuen auf der Karlsbrücke, über die du irgendwohin hetzt. Es ist noch beinahe dunkel. Ich habe mir gewünscht, dass diese schreckliche, kalte Grenze verschwindet, über die ich nie zurückgelangen werde. Und dass alle, die den Ort verlassen haben, wo sie geboren wurden, zurückkehren können und dass diese Orte noch immer dieselben sind wie damals, als sie sie verlassen haben. Es ist nur ein Traum, und ich schlafe auch ein, und jemand nimmt mich an die Hand, den ich einmal geliebt habe. Du kanntest diese Frau nicht, sie hieß Johana, und ich bin ihr an einem schrecklichen Ort begegnet, wo sie später auch gestorben ist. Ich bin allein geblieben. Dann habe ich gelebt, so gut ich konnte, und dank dir konnte ich mir wenigstens manchmal vorstellen, dass ich meiner Heimat nahe blieb. Es war ein Irrtum, alles ist verflogen, ausgebleicht und ganz langsam zerfallen. Trotzdem hast du mir die ganzen Jahre über geholfen. Wir alle finden einmal den richtigen Moment zu gehen, und ich werde jetzt mit Johana gehen. Das hat sie mir beigebracht, dass ich mich vor nichts zu fürchten brauche. Ihre Augen leuchten mir auf den Weg nach Hause, den ich endlich gefunden habe. Die Dinge und ich, die Orte und ich, wir tragen jetzt keine Streitereien mehr miteinander aus. Johana war eine Zigeunerin und sagte, dass nur das einen Wert hat, was unablässig in Bewegung ist. Bloß war das ihre Vorstellung, ich bin ihr erlegen, weil mir nicht klar war, dass man sich keine fremden Empfindungen aneignen sollte, auch wenn sie einem noch so verführerisch erscheinen. Wenn du es also nicht bis hierher schaffst, dann macht das nichts, denn Azaleen und Betonbrücken gibt es schließlich überall.

Dein Jaromír

Ich habe den Brief zu Ende gelesen und kehre langsam wieder in die Realität zurück. Ich muss noch zur Bank und zum Zahnarzt. Ich denke daran, wie sich unsere Wege in Prag gekreuzt hatten. Meiner, Lenas, Luizas und Maruškas. Ich und Lena können nun dank dieser beiden Frauen, die sich getroffen haben, um ihren Kummer zu überwinden, die Vergangenheit in einer Hand halten, sie abwägen und vielleicht sogar wegwerfen, wenn wir wollen. Wir tappen nicht mehr im Kreis durch den Nebel. Wir haben in diesen liebevollen Plaudereien in Žižkov den Duft von Erinnerungen gefunden, die nicht von Sentimentalitäten gestört waren. Das war im *Nový Slovan* das Allerschlimmste. Die obligatorische Nostalgie. Bedeutungsschwangere Sprechpausen beim Erzählen. Immer wieder dieselben abgedroschenen Halbwahrheiten, verheimlichten Details und seltsamen Arten von Verfolgungswahn, die jedes Jahr darin mündeten, dass ein riesiger Kessel Sahnesauce für den böhmischen Lendenbraten gekocht wurde. Die Gespräche mit Luiza und Maruška haben bis heute den Beigeschmack von billigen brasilianischen Krimis aus der *Vampiro*-Reihe und Prags Finsternis.

Ich denke auch an die geheimnisvolle Johana aus Jaromírs Brief. Hatte er sich diese Frau nur ausgedacht? Und wo war Luiza geblieben, warum hatte er sie in seinem letzten Brief mit keinem Wort erwähnt? Das kam mir ungerecht vor. Aber immerhin, warum hätte er ausgerechnet in seinem letzten Brief gerecht sein sollen? Luiza und Maruška hatten schließlich die Wahl. Und sie entschieden sich für Jaromír. Sie müssen davon so behext gewesen sein, dass dann keine der beiden ihre Entscheidung ändern wollte.

3

Am Abend, bevor ich mit meiner Mutter ins Flugzeug stieg, klopfte ich bei unserer Nachbarin. Eine Frau mittleren Alters öffnete mir und führte mich, ohne mir eine Frage zu stellen, durch ein mit Linoleum ausgelegtes Treppenhaus, das von einer todesbleichen Neonröhre erhellt war, wie sie auch in arabischen Restaurants verwendet werden. Ich hatte ein bisschen Bammel, aber ich wollte es wenigstens ein Mal probieren, bevor ich in der Prager Rationalität anlangen würde. Gerade war eine der regelmäßig stattfindenden Seancen im Gange. Geleitet wurde sie von einem alten Spiritisten, dessen Aufgabe es war, das Medium an diesem Tag in die richtige Bahn zu lenken. Ich nahm auf einer kleinen gestreiften Couch Platz, zahlte fünfzig Real an die Frau und erklärte, worum es mir ging, und die etwa zehn Anwesenden nickten ernst. Ich verriet auch, dass ich so etwas zum ersten Mal probiere und nicht wisse, was ich eigentlich tun soll.

»Du brauchst dich bloß zu konzentrieren und daran zu glauben. Mehr ist da nicht dran«, beruhigte mich der Alte in seinem braunen Sakko mit an den Ellbogen ausgebeulten Ärmeln, dem ich auf der Straße sicher kein Geld gegeben hätte.

Sie zündeten nur eine Kerze an, die billigste, die sie aufgetrieben hatten, eine von denen, die man »Sieben-Tage-Kerze« nennt und auf Gräber stellt. Im Raum hing der Geruch von selbst gebastelten Jasmin-Räucherstäbchen, draußen raschelten die Palmblätter, und es dröhnten die Motoren der Autos, die in der Nacht nicht bei Rot halten.

Die Frau mittleren Alters ließ einen großen Kristall an einer Kette pendeln. »Wir können beginnen«, sagte sie.

Ich schaute den Alten an. Er hatte die Augen geschlossen und stützte sich mit den Ellbogen auf den Tisch, auf dem ein gelbliches Kunststofftischtuch lag. Am Tisch saß außer ihm noch ein kleines, etwa elfjähriges Dickerchen in einem gestreiften T-Shirt mit großen Löchern. Der Junge knusperte Kartoffelchips, und der Schweiß lief in Strömen an ihm herab. Der Alte befahl ihm, er möge freundlicherweise fertigknuspern und sich konzentrieren, denn das Fräulein müsse mit jemandem sprechen. Das Schmuddelkind schielte zu mir herüber, und plötzlich rollten seine Augen wie von selbst nach oben. Er atmete gleichmäßig, und ich wusste, dass es jetzt angefangen hatte. Die Welten wollten einander begegnen, der Junge und der Alte waren lediglich Leiter für die einstige Verbindung zwischen Lebenden und Toten, sie bedeuteten nichts, sie waren nur zwei Drähte, korrekt miteinander verknüpft und zusammengepresst von einem Schalter, der von etwas viel Obskurerem bedient wurde, als es die Ewigkeit war.

Ich holte tief Luft und versuchte, Jaromír anzusprechen.

»Wer bist du?«, fragte er reserviert.

»Eine Freundin von Maruška. Ich wollte Ihnen nur sagen, dass Maruška eine Zeit lang in Moema gelebt hat und ... Sie hat die Azaleen aufblühen sehen.«

Lange Zeit blieb es still, und ich dachte, dass die Verbindung nicht funktioniert. Dann sprach er wieder: »Johana hatte Recht, wenn die Dinge in Bewegung sind, bekommen sie für uns mehr Sinn. Bloß habe ich aufgehört mich zu bewegen, weil ich genug hatte, und vielleicht war das ein Fehler. Ich bin mir bis heute nicht klar darüber, ob es einer war oder nicht.«

Mir kam das Ganze irgendwie ein bisschen zu weise vor,

aber ich sagte nichts und wartete ab, ob noch was aus dem Jenseits purzeln würde.

»Bist du glücklich?«

»Noch nicht, aber in Prag fange ich vielleicht damit an«, antwortete ich.

»Willst du mir schreiben, wie es dort jetzt so ist?«, witzelte er.

»Klein und hübsch, ziemlich sicher, lauter Kaffeehäuser, und verbilligte Bücher kosten dort manchmal genauso viel wie Puddingplunder.«

Er lachte. Er lachte lange, und ich dachte bei mir, dass er wirklich bezaubernd gewesen sein muss. »Es ist schön, dass du dich bemühst, die Menschen zu verstehen. Am Ende wirst du auch deine Mutter verstehen, du wirst schon sehen, quäl dich nicht damit herum, dass das noch lange dauern wird. Du bist wahrscheinlich nicht gerade geduldig, aber du solltest damit anfangen.« Wieder redete er wie ein Professor von der Fakultät für richtiges Leben.

»Wollen Sie Luiza etwas ausrichten? Sie wird mir glauben, dass ich mit Ihnen gesprochen habe, Maruška wahrscheinlich nicht«, ergriff ich Partei für Luiza, die mir etwas beiseite gedrängt schien.

»Richte ihr aus, sie soll nicht vom Rad fallen.«

Ich sah es genau vor mir, wie er dort, wo es keine Zeit gab, grinste.

»Hast du keine Angst gehabt herzukommen?«, fragte er nach einer Weile.

»Ein bisschen, aber nicht so, wie Sie wahrscheinlich denken; mir ist eher ein leichter Schauer über den Rücken gelaufen. Wie wenn man nicht schwimmen kann und wenigstens lernt, sich auf der Wasseroberfläche treiben zu lassen.«

Ich weiß nicht, ob er es noch gehört hat. Lange war es still. Irgendein Vogel kreischte asthmatisch. Oder waren es die nächtlichen Streifengänger mit ihren Pfeifen? Dann hüstelte der alte Mann, und es war klar, dass Jaromír endgültig verstummt war. Die Gestalten, die unserem tschechischen Gespräch gelauscht hatten, begannen zu singen, sie dankten irgendeiner afrikanischen Gottheit mit unverständlichem Namen und der Jungfrau Maria dafür, dass sich der Geist, den ich unbedingt hatte hören wollen, gezeigt hatte. Ich kannte das Lied nicht, aber ich fand es hübsch und summte mit ihnen mit, wiegte mich vor und zurück und lieh mir sogar eine *Ganzá*-Rassel – im Inneren der Metallröhre befanden sich bereits angeschimmelte Getreidekörner – und bemühte mich, unseren Auftritt zu begleiten. Der Junge fing wieder an, mit der Chipstüte zu rascheln. Ich war fröhlich. Die Zeit war verschwunden, Paulo, Prag und meine Mutter auch.

Plötzlich sah ich mitten im Kreis den geschmeidigen Körper einer jungen dürren Frau. Sie begann zu tanzen. Wir fassten uns an den Händen und schauten ihr intensiv zu. Wir hörten nicht auf zu singen, nur wurde der Gesang nach und nach immer schleppender, und die Melodie zerbrach, als würden wir sie an einem schmutzigen Stück Glas kaputtschlagen. Sie tanzte und wiegte sich in den Hüften. Ihre Arme beschrieben langsame Schlangenlinien. Wir schwammen mit ihr in einem dunklen unterirdischen Fluss ohne Ende. Die Glocken der Loretto-Kirche läuteten. Dann hob die Tänzerin ihren Kopf und richtete ganz weich den Blick aus ihren Schrecken erregenden gelben Augen auf mich. Als hätte gerade jemand zwei große Messinglampen frisch poliert. Ihr Schädel, der vor einem Moment noch kahl gewesen war, begann sich mit derben schwarzen Locken zu bedecken. Sie warf sie herum, und ihre Hüften wiegten sich noch stärker. Der Rhythmus des Liedes änderte sich, er raste plötzlich wild dahin und war ungestüm wie ein hungriges Schlangenjunges.

Dann hörte die Frau auf zu tanzen. Sie stand einfach da in ihrem zerlumpten Kleid, und von irgendwoher wurde es furchtbar kalt. Sie war barfüßig und entschwand über eine funkelnde verschneite Ebene. Ich ging ihr nach. Sie blickte sich um und wartete. Prüfend musterte sie mich. Und in diesem Blick, der reglos auf mich gerichtet war, war auch etwas Unstetes, als wären diese Augen die Zeiger eines Kompasses, die ihre endgültige Position nicht finden können und gleichzeitig bereits die korrekte Richtung andeuten. Sie fordert mich auf, ihr meine Hand zu geben, nahm sie in ihre und sagte: »Die Heimat ist nah oder fern, du darfst nur nicht vor ihr davonlaufen.« Mit diesem Satz ließ sie mich dort mit aufgerissenen Augen stehen. Dann raffte sie ihren geflickten Rock und sprang auf den Rand eines hölzernen Wagens. Sie machte es sich dort bequem und ließ ihre mit blauen Flecken übersäten Beine lustig in der eisigen Luft baumeln. Noch einmal sandte sie mir einen blitzenden Blick aus ihren gelben Augen, und ich lächelte sie an. Der Wagen setzte sich in Bewegung.

Leise stahl ich mich aus der Wohnung unserer Nachbarin. Die Luft roch nach morgendlichem Smog, frisch aufgeschnittener Ananas und dichten Schleiern aus bunten Blüten, die auf dem Gehsteig vermoderten. Ich war etwas in Eile. Es war Zeit, meine Mutter abzuholen, ein Taxi zu rufen und zum Flughafen zu fahren.